विद्यार्थियों में आविष्कारक सोच

लेखक के विषय में कुछ प्रशस्तियाँ

आविष्कारों के प्रति निरंतर प्रयास एवं प्रोत्साहन और नवप्रवर्तन विचारों के लिए आपको मेरा अभिवादन तथा समाज के लिए अत्युत्तम योगदान के निमित्त आपको मेरी सर्वोत्तम शुभकामनाएँ एवं अभिवादन।

—डॉ. ए.पी.जे. अब्दुल कलाम

डॉ. कलाम के जन्मदिन को राष्ट्रीय नवप्रवर्तन दिवस के रूप में मनाने की शुरुआत करके आपने एक अति प्रशंसनीय कार्य किया है।

—डॉ. मनमोहन सिंह

आपको राष्ट्रीय आविष्कार पुरस्कार मिलने पर मेरी हार्दिक बधाई स्वीकार करें। मेरी प्रबल इच्छा एवं प्रार्थना है कि राष्ट्र-निर्माण के कार्यों में आपके योगदान में आनेवाले वर्षों में निरंतर वृद्धि होती रहे।

—श्री अटल बिहारी वाजपेयी

समाज-सेवा एवं आविष्कार के क्षेत्र में आपका योगदान अभिनंदनीय है।

—डॉ. शंकर दयाल शर्मा, पूर्व राष्ट्रपति

श्री लक्ष्मण प्रसाद द्वारा लिखित पुस्तक 'विद्यार्थियों में वैज्ञानिक सोच' कई मायने में एक सामान्य पुस्तक नहीं है, जो हमको गहन चिंतन के लिए बाध्य करती है।

डॉ. यशपाल, प्रख्यात वैज्ञानिक

श्री लक्ष्मण प्रसाद की कार्यशाला को देखने का सुअवसर प्राप्त हुआ। यह कार्यशाला सचमुच रचनात्मक, नव-निर्माण कार्य, दूरदर्शिता एवं कमजोर वर्ग के लिए हृदय में संवेदनशीलता की अनूठी उपलब्धि है। इस प्रकार की कार्यशालाओं को देखना युवकों के लिए तीर्थस्थलों के तुल्य है। एक महान् भविष्य के लिए मेरी हार्दिक शुभकामना है।

—डॉ. रघुनाथ अनंत माशेलकर, महानिदेशक,
वैज्ञानिक एवं औद्योगिक अनुसंधान परिषद्

'विद्यार्थियों में वैज्ञानिक सोच' जैसी पुस्तक की देश में बहुत समय से आवश्यकता महसूस हो रही थी, जो अनेक वैज्ञानिक पहलुओं पर प्रकाश डालती है।

—डॉ. के. कस्तूरीरंगन, सांसद एवं पूर्व अध्यक्ष,
भारतीय अंतरिक्ष अनुसंधान संगठन

विकलांगता की समस्या के लिए पूर्णतया: समर्पित एवं निष्ठावान् श्री लक्ष्मण प्रसाद एक अंतरराष्ट्रीय ख्याति-प्राप्त समाज-सेवक हैं।

—जस्टिस बैहरुल इसलाम, पूर्व न्यायाधीश, सर्वोच्च न्यायालय

श्री लक्ष्मण प्रसाद द्वारा रेलवे टिकिट डेटिंग मशीन के नवीनीकरण से भारतीय रेल को 200 करोड़ रुपए प्रतिवर्ष का अतिरिक्त आर्थिक लाभ हो रहा है।

—प्रकाश नारायण, पूर्व अध्यक्ष, रेलवे बोर्ड

विद्यार्थियों में आविष्कारक सोच

(राष्ट्रीय आविष्कार अभियान के लिए महत्त्वपूर्ण पुस्तक)

लक्ष्मण प्रसाद

प्रकाशक • **प्रभात प्रकाशन प्रा. लि.**
4/19 आसफ अली रोड,
नई दिल्ली–110002

संस्करण • 2025
मूल्य • तीन सौ रुपए
मुद्रक • नरुला प्रिंटर्स, दिल्ली

VIDYARTHIYON MEIN AVISHKARAK SOCH
by Shri Lakshman Prasad ₹ 300.00
Published by Prabhat Prakashan Pvt. Ltd, 4/19 Asaf Ali Road, New Delhi-2
e-mail: prabhatbooks@gmail.com ISBN 978-93-89982-68-8

देश के छात्र एवं छात्राओं को

समर्पित।

भूमिका

3 जनवरी, 2010 को 97वें भारतीय विज्ञान कांग्रेस का शुभारंभ करते हुए तत्कालीन प्रधानमंत्री डॉ. मनमोहन सिंह ने अपने अध्यक्षीय भाषण में सभी आवश्यक क्षेत्र, जैसे—सुरक्षा, ऊर्जा, जल-प्रबंधन, जलवायु परिवर्तन, कृषि उत्पादन, शिक्षा, विज्ञान एवं तकनीकी आदि क्षेत्रों में नवाचार (इनोवेशन) की आवश्यकता पर बल दिया और वर्ष 2010 से आरंभ होनेवाले दशक 2010-20 को 'नवाचार दशक' की घोषणा की, जिससे भिन्न-भिन्न क्षेत्रों में नवाचार गतिविधियों को और अधिक बल एवं गति मिलेगी, जो देश की अनेक आर्थिक एवं सामाजिक समस्याओं का हल ढूँढ़ने में सहायक सिद्ध होगी। यह घोषणा वास्तव में स्वागत योग्य है। इस प्रमुख घोषणा के पीछे ऐसा प्रतीत होता है कि प्रधानमंत्री का यह संकल्प भारत को वर्ष 2020 तक अवश्य ही विकसित राष्ट्रों की श्रेणी में लाकर खड़ा कर देगा। इस घोषणा से प्रभावित होकर मैंने इस छोटी सी पुस्तक की रचना कर इस दिशा में एक छोटा सा प्रयास किया है, जो छात्र एवं छात्राओं को नवाचार के पथ पर चलने के लिए प्रेरित एवं अग्रसर करेगा।

पूर्व राष्ट्रपति एवं मिसाइलमैन डॉ. ए.पी.जे. अब्दुल कलाम ने कुछ वर्ष पूर्व अंतरराष्ट्रीय नवाचार दिवस के अवसर पर अपने संदेश में लिखा था कि 'शिक्षा से ज्ञान की प्राप्ति होती है, जो मौलिक चिंतन को जन्म देती है। चिंतन सृजनात्मकता की जननी है। यही सृजनात्मकता नवाचार में रूपांतरित होती है। यहीं से नवाचार के बीजों का अंकुरण होता है; जबकि व्यक्ति 'क्यों, कैसे

और क्यों नहीं' से जिज्ञासा व्यक्त करता है। इसलिए बच्चों को बालपन से ही जिज्ञासु बनाने को प्रेरित करना चाहिए, ताकि उनमें सृजनात्मक एवं नवाचारी भावना को पैदा कर उन्हें उससे ओत-प्रोत किया जा सके।'

डॉ. कलाम के विचारों से प्रभावित होकर पिछले 10-12 वर्षों में अनेक स्कूलों, कॉलेजों एवं विश्वविद्यालयों में हाई स्कूल से लेकर बी.ए., एम.ए., एम.बी.ए., इंजीनियरिंग आदि के एक लाख से अधिक छात्र एवं छात्राओं से नवाचार विषय से संबंधित अनेक पहलुओं पर वार्त्तालाप करने का मुझे सुअवसर प्राप्त हुआ। मैंने पाया कि अनेक छात्र एवं छात्राओं में नवीन कार्य करने के लिए केवल उत्साह ही नहीं, बल्कि ललक भी है। ऐसे विद्यार्थियों को पथ-प्रदर्शन की आवश्यकता है। इसलिए इस प्रकार की पुस्तक की आवश्यकता को नकारा नहीं जा सकता।

इस पुस्तक को लिखने में मैंने अपने द्वारा किए गए 20 नवाचारों के दौरान आनेवाली कठिनाइयों एवं खट्टे-मीठे अनुभवों का भरपूर उपयोग किया है। इसके अतिरिक्त, मेरे द्वारा लिखी गईं कुछ पुस्तकें, जैसे—'साधारण आविष्कारों की असाधारण सफलताएँ', 'आइए, आविष्कारक बनें', 'बच्चों की प्रिय वस्तुओं के आविष्कार' आदि से भी कुछ अंश इस पुस्तक में शामिल किए हैं। इसी प्रकार मैंने डॉ. कलाम की पुस्तक 'अदम्य साहस' से भी कुछ सामग्री का उपयोग किया है। इसलिए इन पुस्तकों के प्रकाशकों के प्रति मैं अपना हृदय से आभार प्रकट करता हूँ। परिशिष्ट-1 एवं 2 की संपूर्ण सामग्री मैंने 'सूझ-बूझ पत्रिका' के अनेक अंकों से संकलित की है। इसलिए मैं इस पत्रिका के संपादक के प्रति आभार प्रकट करना अपना परम कर्तव्य समझता हूँ। तीनों परिशिष्टों को पुस्तक में शामिल करने का मुख्य उद्देश्य है कि हमारे युवक पाठक तीनों परिशिष्टों में दी गई सामग्री को पढ़कर उत्साहित हों और वे भी कुछ नए-नए रचनात्मक विचारों द्वारा नवाचार के पथ पर चलने के लिए अग्रसर हों।

मेरे दो मित्र डॉ. एस.एस. गुप्ता, पूर्व कुलपति, आगरा विश्वविद्यालय एवं डॉ. के.एल. गुप्ता, पूर्व प्राचार्य, एस.वी. महाविद्यालय, अलीगढ़ ने

पुस्तक को इस रूप में प्रकाशित करने के लिए मेरा सदैव उत्साहवर्धन किया है, जिसके लिए मैं दोनों के प्रति अपना आभार प्रकट करता हूँ। मेरे एक और मित्र दक्षिण भारतीय होते हुए भी हिंदी भाषा के विद्वान् डॉ. पी.वी. जगनमोहन, आई.ए.एस., मंडलायुक्त, इलाहाबाद ने भी पुस्तक को निखारने एवं उसका उपर्युक्त शीर्षक खोजने में मेरी बहुत सहायता की है, इसलिए मैं उनके प्रति आभार प्रकट करना कैसे भूल सकता हूँ! मेरी पत्नी उमा एवं पुत्री अमिता ने मेरे इस कार्य में सक्रिय सहयोग किया है, इसलिए मैं उन दोनों को भी धन्यवाद देना चाहता हूँ। इनके अलावा, हाल ही में मेरे लंदन और टोरंटो प्रवास के दौरान मेरी धेवती अनामिका और छोटी पुत्री वनिता ने भी इस पुस्तक के लिए कुछ महत्त्वपूर्ण सुझाव दिए, उसके लिए मैं उनको भी धन्यवाद देता हूँ। श्रीमती विजय मित्तल ने पुस्तक की पांडुलिपि की खूबसूरत कंपोजिंग करके इसे प्रकाशन योग्य बनाया है, जिसके लिए मैं उनको धन्यवाद देना अपना कर्तव्य समझता हूँ।

मैं डॉ. रमेश चंद्र शर्मा, अवकाश-प्राप्त अध्यक्ष, हिंदी विभाग, धर्म समाज कॉलेज, अलीगढ़ का विशेष रूप से आभारी हूँ, जिन्होंने पुस्तक की भाषा के दोषों को दूर करने का प्रयास किया है और इसके प्रकाशन में भी सहयोग किया है।

यदि पुस्तक को पढ़कर एक भी छात्र या छात्रा नवाचार के रास्ते पर चल पड़ता है तो मैं समझूँगा कि पुस्तक लिखने का मेरा श्रम सफल हो गया। पुस्तक को और अधिक उपयोगी बनाने के लिए पाठकों के सुझाव आमंत्रित हैं।

—विज्ञान रत्न लक्ष्मण प्रसाद

3/6, मैरिस रोड,
अलीगढ़-202001

अनुक्रम

	भूमिका	*7*
1.	बाल मन	13
2.	नवाचार (इनोवेशन)	15
3.	सृजनशीलता एवं नवाचार	19
4.	नवाचार कौन कर सकता है?	22
5.	शिक्षा एवं नवाचार	26
6.	नवाचार का क्षेत्र	30
7.	नवाचार की प्रक्रिया	33
8.	नवाचार (उत्पाद) का नामकरण	38
9.	नवाचारी की डायरी	42
10.	नवाचार से लाभ	45
11.	नवाचार के लिए कार्यशाला	48
12.	नवाचार पर आधारित उत्पाद का निर्माण एवं बिक्री	52
13.	पेटेंट संबंधी जानकारी	56
14.	मान, सम्मान एवं पुरस्कार	60

15. नवाचारी : राष्ट्र के सर्वोच्च पद पर आसीन हुए 65
16. नवाचारी : करोड़पति एवं लोकोपकारी बनें 69
17. सृजनात्मक विचारों का संग्रह 76
18. छात्र-छात्राओं एवं युवाओं से आह्वान 84
19. परिशिष्ट-1 : छात्र व छात्राओं के कुछ सकारात्मक विचार 92
20. परिशिष्ट-2 : छात्र व छात्राएँ नवाचार प्रक्रिया में प्रयत्नशील 101
21. परिशिष्ट-3 : विद्यार्थियों की नवाचारी सोच तथा रचनात्मक विचारों के संग्रह की प्रस्तावित योजना 116

1
बाल मन

नन्हे बालक का मन कच्ची मिट्टी के गोले जैसा होता है, जिसे मनचाहा आकार दिया जा सकता है। बच्चे के अंदर सीखने व समझने के साथ-साथ नकल करने की भी प्रबल प्रवृत्ति होती है।

वह सबसे ज्यादा अपने आस-पास के परिवेश से सीखता है। माता और उसके बाद पिता उसके प्रथम विद्यालय होते हैं। वह खाने-पीने की चीजों, खिलौनों, खेलों और थोड़ा बड़ा होने पर घर एवं आसपास मौजूद आधुनिक उपकरणों के बारे में जानने की कोशिश करता है।

ऐसे में, यदि बच्चों का नैसर्गिक विकास करना हो तो यह आवश्यक है कि उन्हें अपने पास स्थित वस्तुओं के बारे में जानकारी दी जाए। आज की माँग के अनुरार बच्चों का शारीरिक रूप से स्वस्थ होना, अच्छे संस्कार-युक्त होना, साहसी होना तो आवश्यक है ही, उनके अंदर वैज्ञानिक और नवाचारी मनोवृत्ति उत्पन्न करना भी अत्यंत आवश्यक है। यह मनोवृत्ति उनके अंदर नवीन काम करने की क्षमता जगा देगी, जो आज के संदर्भ में किसी भी देश, विशेष रूप से विकासशील देशों, के लिए आवश्यक है। प्रतिस्पर्धा के इस युग में बच्चों को नवीन कार्य के लिए तैयार करना वैसे ही आवश्यक है जैसे ओलंपिक खेलों के लिए खिलाड़ियों को बचपन से तैयार किया जाता है।

बच्चों को खाने-पीने की चीजें सबसे ज्यादा प्रिय होती हैं। आधुनिक युग में खाने-पीने के नए-नए पदार्थ फास्ट फूड आदि उपलब्ध हो रहे हैं।

बच्चे इन्हें बड़े चाव से खाते हैं। यदि उन्हें इन खाद्य पदार्थों की उत्पत्ति और विकास के बारे में बताया जाए तो वे जल्दी आत्मसात् कर लेंगे। इसी प्रकार उनका दूसरा प्रेम खेल-खिलौनों से होता है। अकसर बच्चे अपने खिलौनों को तोड़-मरोड़कर उनके अंदर मौजूद तत्त्वों के बारे में जानने का प्रयास करते हैं। इन खेल-खिलौनों के जरिए भी उन्हें आविष्कार करने की प्रक्रिया से अवगत कराया जा सकता है।

आज अनेक आधुनिक उपकरण घर-बाहर में मौजूद हैं। इनमें से अनेक बच्चों द्वारा प्रयोग भी किए जाते हैं। वीडियो गेम्स, कंप्यूटर, इंटरनेट आदि उनकी पहुँच से दूर नहीं हैं। रेडियो, टेलीविजन, स्टीरियो, एनीमेशन फिल्मों आदि का आनंद लेने का अवसर उन्हें अकसर मिलता है। बच्चों को इनका प्रयोग करने के लिए बढ़ावा देना भी जरूरी है और यह बताना भी जरूरी है कि ये कैसे विकसित और उपयोगी हो सके।

आधुनिक शिक्षा-पद्धति में पहले से ही खेल-खेल में शिक्षा देने का चलन जारी है। खेल-खेल में अक्षर ज्ञान और संख्या ज्ञान आदि न सिर्फ सामान्य बालकों को कराया जाता है, वरन् इसके जरिए मानसिक रूप से मंद बालकों को कामचलाऊ ज्ञान देने में भी सफलता हासिल की गई है।

ऐसे में, एक कदम और आगे बढ़ाकर वैज्ञानिक व नवाचारी मनोवृत्ति का विकास आसानी से किया जा सकता है। यह प्रमाणित हो चुका है कि नवाचार करने की कोई न्यूनतम आयु नहीं होती। अनेक लोग बचपन में ही नवाचारी बन गए और उन्होंने अनोखे कार्य नए तरीके से कर दिखाए।

आनेवाले अध्यायों में छात्र एवं छात्राओं द्वारा नवाचार से संबंधित उठाए गए प्रश्नों के उत्तर मिलेंगे और इस प्रकार नवाचार से संबंधित उनकी जिज्ञासा को शांत करने का प्रयास किया गया है, जिससे वे आगे चलकर कुछ नए तरीके से नए-नए कार्य करने की दिशा में प्रेरित होंगे और साथ ही उनके बुद्धि-विकास तथा ज्ञान-कोष में भी वृद्धि होगी।

□

2

नवाचार (इनोवेशन)

20वीं शताब्दी के अंत और 21वीं शताब्दी के आरंभ से ही नवाचारों (इनोवेशन) की बढ़ती हुई उपयोगिता को विस्तृत रूप से विश्व के सभी देशों में स्वीकार किया जाने लगा है। मुख्य रूप से विकासशील एवं विकसित राष्ट्र अपने-अपने देश में आवश्यक क्षेत्रों में नवाचार (इनोवेशन) की आवश्यकता पर तेजी से ध्यान दे रहे हैं। ये देश के सभी वर्ग के लोगों को, विशेष रूप से बच्चों एवं विद्यार्थियों को, प्रोत्साहित करने का तेजी से प्रयास भी कर रहे हैं, जिससे नवाचार गतिविधियों को और अधिक बल एवं गति मिल रही है। यह देश की अनेक आर्थिक एवं सामाजिक समस्याओं का हल ढूँढ़ने में सहायक सिद्ध होगी।

इस विषय पर हाल ही में विद्यार्थियों से विस्तारपूर्वक चर्चा करते हुए कुछ विद्यार्थियों ने इस संबंध में अनेक प्रकार के प्रश्न किए—

प्रश्न : नवाचार का क्या महत्त्व है?

उत्तर : नवाचार के महत्त्व को जानने से पूर्व हमको समझना होगा कि खोज, आविष्कार एवं नवाचार (नव-प्रवर्तन) में क्या अंतर है। अकसर लोग इन तीनों के बीच आसानी से अंतर समझ नहीं पाते और एक के स्थान पर दूसरे का प्रयोग कर बैठते हैं; जबकि तीनों की बिल्कुल अलग-अलग प्रक्रियाएँ हैं।

प्रश्न : नवाचार किस प्रकार से 'खोज' एवं 'आविष्कार' से भिन्न है ?

उत्तर : खोज, आविष्कार एवं नवाचार की प्रक्रियाएँ इस प्रकार भिन्न-भिन्न हैं।

खोज : कोई प्रक्रिया, जो प्रकृति में पहले से चल रही है, उसके बारे में जन-साधारण को ज्ञान नहीं होता। जब इसका ज्ञान हो गया तो इसे खोज कहा जाता है। आर्कमिडीज का वस्तु के तैरने का सिद्धांत, न्यूटन का गुरुत्वाकर्षण सिद्धांत, गैलेलियो द्वारा पृथ्वी के सूर्य के चारों ओर घूमने की जानकारी देना खोज थी, क्योंकि ये चीजें पहले से हो रही थीं।

आविष्कार : इस प्रक्रिया के अंतर्गत नई चीज का निर्माण किया जाता है। यह चीज पहले उपलब्ध नहीं होती है। यदि दो चीजें लगभग एक साथ तैयार होती हैं तो उनमें से सबसे पहली को तैयार करने का श्रेय जिसे मिलता है, उसे ही आविष्कारक माना जाता है। दूसरा व्यक्ति श्रेय तथा पेटेंट दोनों से वंचित रह जाता है।

दूसरे शब्दों में, किसी नई चीज का निर्माण या नई प्रक्रिया विकसित करना आविष्कार कहलाता है। थॉमस अल्वा एडीसन द्वारा बिजली का बल्ब, अलेक्जेंडर ग्राहम बेल द्वारा टेलीफोन तैयार करना, औद्योगिक क्रांति के पहले भाप का इंजन तैयार करना इत्यादि आविष्कार कहलाता है।

नवाचार : इस प्रक्रिया के अंतर्गत नया सामान, नई सेवा या नया उपयोग विकसित होता है। प्रथम बार उपलब्ध किसी चीज, वस्तु, उत्पाद, प्रणाली, पद्धति, विधि में सुधार या संशोधन होता है—इसी को नवाचार कहते हैं। दूसरे शब्दों

में, जब किसी वस्तु, उत्पाद एवं प्रणाली में नई सामग्री या नए तरीके के प्रयोग से परिवर्तन होता है और इस प्रक्रिया में तकनीकी परिवर्तन होता है। जब इस तकनीकी परिवर्तन को पहली बार संपन्न किया जाता है तो इस प्रक्रिया को इनोवेशन या नवीनीकरण/नव-प्रवर्तन कहा जाता है।

दूसरे अर्थ में, नवीनता लानेवाली चल रही प्रक्रिया या बनते हुए उत्पाद में सुधार करके उसमें नवीनता लाना और लोगों के लिए अधिक उपयोगी एवं कम लागत की बनाना इनोवेशन कहलाता है। आज के संदर्भ में यह काम विश्व भर में सामाजिक एवं आर्थिक विकास के लिए अत्यंत महत्त्वपूर्ण माना गया है।

प्रश्न : कृपया नवाचार की प्रक्रिया को और अधिक सरल शब्दों में समझाने का कष्ट करें और उसके प्रमुख लाभ भी बताएँ।

उत्तर : नवाचार एक बहुआयामी एवं विस्तृत धारणा है, जिसमें विद्यमान उत्पाद, प्रक्रिया एवं प्रयोगों में इस प्रकार के सुधार किए जाते हैं या नवीनताएँ लाई जाती हैं, जिससे उनकी उपयोगिता बढ़े, लागत में कमी आए, संसाधनों का लाभकारी प्रयोग हो, जोखिमों में कमी आए, जीवन-स्तर में वृद्धि हो और कुल मिलाकर राष्ट्र समृद्धिशाली बने।

प्रश्न : क्या 'इनोवेशन' शब्द को हिंदी भाषा में अनेक नामों से जाना जाता है ?

उत्तर : वास्तव में 'इनोवेशन' का हिंदी भाषा में सही प्रचलित नाम 'नवाचार' है; परंतु नवीनीकरण, नव-प्रवर्तन, नवोन्मेष आदि शब्द भी प्रचलित हो गए हैं। अत: कहा जा सकता है कि यह कई नामों से जाना जाता है।

प्रश्न

1. रेल का इंजन नवाचार (इनोवेशन), आविष्कार या खोज में से किस-किस श्रेणी में आएगा?
2. बिजली का बल्ब आविष्कार या नवाचार—क्या कहलाएगा?
3. क्या मंगल ग्रह का पता होना खोज की श्रेणी में आता है?
4. क्या कुरसी में दोनों तरफ हत्थे लगाना नवाचार कहलाएगा?

□

3

सृजनशीलता एवं नवाचार

सृजनशीलता के अनेक पहलू हैं। पहले से मौजूदा विचारों में कुछ जोड़ या घटाकर, उनमें बदलाव लाकर या उनको नए ढंग से प्रयोग करना सृजनशीलता से ही संभव होता है। नएपन और बदलाव को स्वीकार करना, विचारों और संभावनाओं से खेलना, हर अच्छी चीज को और बेहतर बनाने के बारे में सीखते हुए उसे अपनाने की आदत सृजनशीलता की पहचान है। जो चीज दूसरों को जैसी नजर आती है, उसे वैसे ही देखते हुए उसके बारे में अलग ढंग से सोचना सृजनशीलता का प्रमुख पहलू है।

प्रश्न : क्या सृजनशीलता किसी देश में किसी विशेष स्थान पर मिलती है?

उत्तर : यह किसी देश के किसी भी हिस्से में, कहीं भी मिल सकती है। यह रसोईघर, खेल के मैदानों, मछुआरे की झोंपड़ी, किसान/मजदूर के घर, दूधिया की डेरी, मवेशियों के प्रजनन केंद्र या फिर कक्षाओं, प्रयोगशालाओं, उद्योगों और अनुसंधान तथा विकास केंद्रों—कहीं से भी मिल सकती है।

प्रश्न : सृजनशीलता को किस प्रकार से प्रोत्साहित किया जा सकता है?

उत्तर : हर मनुष्य के मस्तिष्क में सृजनशीलता के बीज मौजूद

होते हैं, परंतु उन्हें अंकुरित करने के लिए मन से प्रयास करना पड़ता है। हरेक व्यक्ति सृजनशील होता है, हर मन में जिज्ञासा होती है।

प्रश्न : छात्रों/बच्चों की जिज्ञासा को किस प्रकार से शांत किया जा सकता है ?

उत्तर : जब कोई बच्चा/छात्र प्रश्न करे तो हम उसकी जिज्ञासा को शांत करें, हर माता-पिता एवं शिक्षकों की यह बुनियादी जिम्मेदारी है। यदि बचपन से ऐसा किया जाए तो सृजनशीलता पोषित होगी और अवश्य ही उनका बौद्धिक विकास होगा, जो सृजनशीलता की कुंजी है।

प्रश्न : क्या सृजनशीलता जीवन की दिशा में कुछ बदलाव ला सकती है ?

उत्तर : सृजनशीलता के सहारे अनेक मनुष्यों के जीवन में बदलाव आया है और उन्होंने ऐसी अनेक चीजें विकसित कीं, जिससे संसार का रूप ही बदल गया। थॉमस अल्वा एडीसन के अनेक प्रकार के आविष्कारों/नवाचारों द्वारा विज्ञान एवं प्रौद्योगिकी के क्षेत्र में क्रांति आई। महात्मा गांधी के नवाचारी विचारों से अहिंसा आंदोलन ने अनेक देशों में ब्रिटिश शासन के विरुद्ध जंग छेड़ी तथा अनेक देशों को आजादी दिलाई।

प्रश्न : क्या सृजनशीलता असंभव को संभव बना सकती है ?

उत्तर : पिछले साठ वर्षों में खासतौर से एयरोनॉटिक्स, स्पेस टेक्नोलॉजी, इलेक्ट्रॉनिक्स, कंप्यूटर साइंस और सॉफ्टवेयर के मामले में आविष्कारकों/नवाचारियों ने दुनिया में नए आयाम हासिल किए हैं। किसी देश के राजनीतिक एवं आर्थिक तंत्र में जान फूँकने में उसकी खोजी/नवाचारी प्रवृत्ति संजीवनी बूटी का काम करती है।

प्रश्न : क्या सृजनशीलता एवं नवीनता समृद्धि का पथ प्रशस्त करती है ?

उत्तर : नई खोजों की प्रक्रिया के जरिए ज्ञान धन-संपदा में रूपांतरित होता है। नव-प्रवर्तन अर्थात् नई खोज के लिए साहस की आवश्यकता होती है; जैसे अलग ढंग से सोचने का साहस, अन्वेषण का साहस, असंभव को संभव करने का साहस और समस्याओं से जूझने एवं सफलता हासिल करने का साहस, जो अंत में समृद्धि का पथ प्रशस्त करती है।

प्रश्न : क्या सृजनशीलता मानव-चिंतन का आधार है ?

उत्तर : यह सच है कि सृजनशीलता मानव चिंतन का प्रमुख आधार ही होता है। चाहे कितने भी गति एवं स्मृतिवाले कंप्यूटर विकसित हो जाएँ, मानव-चिंतन का स्थान सर्वोपरि ही होता है। सृजनशीलता जैसा गुण इनसान में सदैव मौजूद रहेगा, जिसके द्वारा वह इस दुनिया को और अधिक सुंदर बनाने के लिए अपनी योजनाओं को साकार करने में तत्पर एवं प्रयत्नशील रहेगा।

प्रश्न

1. क्या सृजनशीलता किसी देश विशेष की धरोहर है ?
2. छात्र एवं छात्राओं में किस प्रकार से सृजनशीलता के बीज अंकुरित किए जा सकते हैं ?
3. माता-पिता एवं शिक्षक किस प्रकार से छात्र एवं छात्राओं में सृजनशीलता पोषित कर सकते हैं ?
4. क्या सृजनशीलता मानव-चिंतन का आधार है ? यदि हाँ, तो किस प्रकार से समाजोपयोगी होता है ?

□

4

नवाचार कौन कर सकता है?

अनेक लोग आपस में चर्चा करते रहते हैं कि अमुक आविष्कार से समाज को लाभ हो रहा है; परंतु एकाध ही व्यक्ति ऐसे होते हैं, जो नवाचार के विषय में सोचते हैं कि नवाचार किस प्रकार होते हैं और कैसे होते हैं और उनको कौन कर सकता है।

इस विषय में एक छोटी सी बालिका ने अपनी शंकाओं को दूर करने के लिए कुछ इस प्रकार के प्रश्न किए—

प्रश्न : नवाचारी किसे कहते हैं और वह किस प्रकार से अन्य व्यक्तियों से भिन्न होता है?

उत्तर : एक नवाचारी वह है, जो वही देखता है, जो औरों को दिखाई देता है; परंतु सोचता वह है, जो कोई अन्य नहीं सोचता। दूसरे शब्दों में, समस्याओं के प्रति उसकी सोच दूसरे व्यक्तियों से भिन्न होती है। वह दूसरों के मुकाबले समस्याओं के प्रति अधिक संवेदनशील होता है और उसके समाधान के लिए प्रयत्नशील हो जाता है। संवेदनशीलता ही सृजनशीलता की जननी है।

प्रश्न : क्या नवाचार करने के लिए कोई आयु की सीमा निर्धारित होती है?

उत्तर : नवाचार करने के लिए कोई आयु की सीमा नहीं होती

है और कोई भी व्यक्ति किसी भी आयु में नवाचार कर सकता है। हर आयु और वर्ग का व्यक्ति नवाचारी हो सकता है। सृजनता या नवीन सोच किसी एक आयु या वर्ग की मोहताज नहीं है। यह बचपन में भी आ सकती है और वृद्धावस्था तक भी बनी रह सकती है।

प्रश्न : क्या केवल पुरुष ही नवाचार कर सकता है ?

उत्तर : यह धारणा बिल्कुल निराधार है। कोई भी महिला या पुरुष अथवा बालक या बालिका नवाचार कर सकता है।

प्रश्न : क्या बालक एवं विद्यार्थी भी नवाचार के क्षेत्र में भाग ले सकते हैं ?

उत्तर : कोई भी विद्यार्थी, बालक एवं बालिका इस क्षेत्र में सक्रिय रूप से भाग ले सकते हैं, क्योंकि छोटे बच्चों की मानसिकता खुली होती है। वे किसी पूर्वग्रह से ग्रस्त नहीं होते और उनके मन में यह भावना नहीं होती कि यह नहीं हो सकता या इसे करने का कोई लाभ नहीं है। वे खेल-खेल में नई चीज कर डालते हैं और वह उपयोगी साबित हो जाती है।

प्रश्न : क्या विकलांग भी नवाचारी बन सकते हैं ?

उत्तर : विकलांगता नवाचारी क्षेत्र में काम करने के लिए बाधक नहीं है। विकलांग भी अच्छे नवाचारी बन सकते हैं। अनेक विकलांगों ने बहुत से उपयोगी नवाचार करके समाज की सेवा की है।

प्रश्न : क्या स्कूलों एवं कॉलेजों के शिक्षक भी नवाचार के क्षेत्र में योगदान दे सकते हैं ?

उत्तर : स्कूल एवं कॉलेजों के शिक्षकों के पास अपार अवसर होते हैं। वे नवाचार के क्षेत्र में बढ़-चढ़कर भाग ले सकते हैं। इसके अतिरिक्त, समर्पित शिक्षक अपनी कड़ी मेहनत

एवं लगन के द्वारा नवाचार संस्कृति का विद्यार्थियों में बीजारोपण कर सकते हैं।

प्रश्न : क्या पेशेवर व्यक्ति भी नवाचार के क्षेत्र में भाग ले सकते हैं ?

उत्तर : चूँकि पेशेवर व्यक्ति अधिक व्यस्त होते हैं, इसलिए वे इस क्षेत्र में अधिक ध्यान एवं समय नहीं दे पाते हैं। पर इससे यह नहीं समझना चाहिए कि नवाचारी नहीं बन सकते। इस संबंध में देश-विदेश में कुछ एडवोकेट एवं न्यायाधीश, डॉक्टर एवं सर्जन, चार्टर्ड एकाउंटेंट एवं ऑडिटर्स, प्रबंधक एवं टेक्नोक्रेट आदि ने भी नवाचार के क्षेत्र में बहुत कुछ योगदान किया है और उन्होंने अनेक प्रकार की प्रणाली, पद्धति, विधि में परिवर्तन करके नवाचार को बढ़ावा दिया है। इसके अलावा, इंजीनियर एवं टेक्नोलॉजिस्ट नए-नए उपकरण निर्माण करके नवाचार के क्षेत्र में महत्त्वपूर्ण योगदान कर रहे हैं।

प्रश्न : नवाचार के विषय में अभी तक मेरा ज्ञान शून्य है। क्या मैं कभी नवाचार करने में सफल हो सकता हूँ ?

उत्तर : आपका ज्ञान नवाचार के विषय में शून्य है और आप अज्ञानी भी हैं तो कोई बात नहीं है। भविष्य में आप नवाचार कर सकते हैं। यदि आप अपने आस-पास हो रहे काम और घटनाओं को ध्यानपूर्वक देखें और उसे बेहतर बनाने के बारे में सोचें एवं प्रयास करें तो आप एक नवाचारी बन सकते हैं। हम अपने रहन-सहन, खाने-पीने की चीजें, आचार-विचार व व्यवहार में क्रांतिकारी परिवर्तन लाकर नवाचार कर सकते हैं। आप गरीबों, असहायों, विकलांगों के जीवन-स्तर को सुधारने के लिए भी नवाचार कर सकते हैं। आप विकलांगों के लिए भी ऐसे उपकरण बनाकर

नवाचार कर सकते हैं, जो उनकी रोजमर्रा की जिंदगी को आसान बनाने में मदद करे। ऐसे अनेक क्षेत्र हैं, जिनमें आप कड़ी मेहनत, लगन तथा समर्पित भाव से नवाचार क्षेत्र में योगदान कर सकते हैं।

किसी को निराश होने की आवश्यकता नहीं है। पूर्व राष्ट्रपति डॉ. ए.पी.जे. अब्दुल कलाम के कथनानुसार, "हम सभी अपने भीतर दैवी शक्ति लेकर जनमे हैं। हम सभी के भीतर ईश्वर का तेज छिपा है। हमारी कोशिश इस तेज-पुंज को पंख देने की रहनी चाहिए, जिससे यह चारों ओर अच्छाइयाँ एवं प्रकाश फैला सके।"

प्रश्न

1. दूसरे लोगों से नवाचारी किस प्रकार भिन्न होता है ?
2. क्या सृजनता या नवीन सोच उम्र की किसी सीमा में बँधा होता है ?
3. क्या संवेदनशील व्यक्ति ही नवाचार करने में सफल हो सकता है ?
4. एक सफल नवाचारी में किस प्रकार के गुण होने आवश्यक हैं ?

□

5
शिक्षा एवं नवाचार

यह आम धारणा है कि पढ़ा-लिखा व्यक्ति ही नवाचार कर सकता है और अनपढ़ स्त्री और पुरुष नवाचार करने में सफल नहीं हो सकते हैं। यह धारणा बिल्कुल गलत है। यद्यपि शिक्षा चिंतन-प्रक्रिया को आगे बढ़ाने और प्रखर बनाने में सहायक होती है, परंतु कम शिक्षित व्यक्ति भी पूर्ण लगन, निष्ठा एवं मेहनत के साथ सफलतापूर्वक नवाचार कर सकता है। इसलिए इस भ्रम को दूर करने की आवश्यकता है।

प्रत्येक क्षेत्र में कार्य करने के लिए शिक्षा का अपना एक विशेष महत्त्व होता है। विद्या से ज्ञान की प्राप्ति होती है, जो मौलिक चिंतन को जन्म देती है। चिंतन सृजनात्मकता की जननी है। यही सृजनात्मकता नवाचार में रूपांतरित होती है। यहीं से नवाचार के बीजों का अंकुरण होता है। जबकि व्यक्ति 'क्यों, कैसे और क्यों नहीं' से जिज्ञासा व्यक्त करता है। इसलिए बच्चों को बालपन से ही जिज्ञासु बनाने को प्रेरित करना चाहिए, जिससे कि उनमें सृजनात्मक तथा नवाचारी भावना पैदा कर उन्हें उससे ओत-प्रोत किया जा सके।

इस संबंध में एक विद्यार्थी ने इस प्रकार प्रश्न किया—

प्रश्न : क्या नवाचार के लिए विशेष तकनीकी शिक्षा की आवश्यकता है?

उत्तर : नवाचार एक ऐसी प्रक्रिया है, जिसके लिए विशेष तकनीकी शिक्षा की अनिवार्यता नहीं है। हाँ, इतना अवश्य है कि

तकनीकी शिक्षा अवश्य ही हमारे सोचने एवं विचारने में सहायक होती है और नवाचार की प्रगति को गति प्रदान करती है।

प्रश्न : क्या नवाचार के लिए साधारण शिक्षा की आवश्यकता अनिवार्य है?

उत्तर : शिक्षा चिंतन-प्रक्रिया को आगे बढ़ाने में सहायक सिद्ध होती है; परंतु नवाचार के लिए साधारण शिक्षा की अनिवार्यता आवश्यक नहीं है।

दुनिया के अनेक देशों के अनपढ़ किसान एवं कारीगरों ने अनेक प्रकार के छोटे-छोटे नवाचार करके अपने-अपने कार्यों को सरल ही नहीं बनाया, वरन् और अधिक गति के साथ कार्य करने की प्रक्रिया को आगे बढ़ाया। इस प्रकार श्रम पर होनेवाली लागत पर कमी आती है।

प्रश्न : क्या विदेशों में नवाचार विषय को बढ़ावा दिया जा रहा है?

उत्तर : नवाचार के बढ़ते हुए महत्त्व एवं उसकी उपयोगिता को ध्यान में रखकर लगभग सभी पश्चिमी देशों में नवाचार प्रक्रिया को प्रोत्साहित किया जा रहा है। सर्वप्रथम रूस ने नवाचार विषय को स्कूलों के पाठ्यक्रम में कुछ वर्ष पूर्व शामिल किया है। इसी तरह इंग्लैंड के कुछ विश्वविद्यालयों ने एम.एस-सी. इनोवेशन डिग्री पाठ्यक्रम को कुछ वर्ष पूर्व आरंभ किया है।

प्रश्न : क्या भारत में नवाचार विषय को स्कूलों के पाठ्यक्रम में शामिल करना उचित एवं लाभकारी होगा?

उत्तर : भारत की आधुनिक आवश्यकताओं को ध्यान में रखते हुए आज नवाचार को न केवल गति प्रदान करने की जरूरत है, बल्कि नवाचारी विषय को पाठ्यक्रम में शामिल करने

की आवश्यकता पर गहराई से विचार करने की जरूरत है। इसलिए नवाचारी गतिविधियों एवं प्रतिभाओं को स्कूल स्तर से ही चयनित, प्रोत्साहित एवं समृद्धिकृत करने की जरूरत पर ध्यान देने की आवश्यकता को नकारा नहीं जा सकता है। इससे भारत को एक विकसित राष्ट्र बनाने में सहायता मिलेगी।

प्रश्न : स्कूलों में किस प्रकार के कार्यक्रम आयोजित किए जाएँ, जिससे विद्यार्थी नवाचार के प्रति आकर्षित हों?

उत्तर : आज विश्व के सभी विकासशील देशों में वैज्ञानिक जागरूकता बढ़ाने पर जोर दिया जा रहा है। इसलिए बचपन से ही हम अपने विद्यार्थियों में वैज्ञानिक एवं आविष्कारी मनोवृत्ति विकसित करने का प्रयास करें तो अवश्य ही हमारे बच्चे आगे चलकर अच्छे वैज्ञानिक, आविष्कारक एवं नवाचारी बनने में सफल होंगे। देश के ग्रामीण क्षेत्रों के विद्यार्थियों में भी प्रतिभा की कोई कमी नहीं है। आवश्यकता इस बात की है कि इन छिपी प्रतिभाओं को समाज के समक्ष प्रस्तुत किया जाए, जो बाल प्रतिभाओं का मनोबल बढ़ाने में सहायक होगा। इसलिए हर विद्यालय में एक 'इनोवेशन क्लब' की स्थापना की जानी चाहिए, जिससे विद्यार्थी अपने रचनात्मक एवं सृजनशील विचारों को उत्पादों में रूपांतरित कर सकें। उत्कृष्ट कार्य करने के लिए विद्यार्थियों को सम्मानित एवं पुरस्कृत किया जाना चाहिए।

प्रश्न

1. क्या अनपढ़ या कम पढ़ा-लिखा व्यक्ति नवाचार कर सकता है? यदि हाँ, तो उसमें किस प्रकार के गुण एवं विशेषता होनी चाहिए?

2. क्या कोई व्यक्ति बिना मौलिक चिंतन के नवाचार करने में सफल हो सकता है ?
3. किस प्रकार से बच्चों को बचपन से नवाचार की ओर प्रेरित किया जा सकता है ?
4. छिपी हुई प्रतिभाओं की किस प्रकार पहचान करके प्रोत्साहित किया जा सकता है ?
5. क्या नवाचार विषय को पाठ्यक्रम में शामिल करके नवाचार क्षेत्र को अधिक बल मिलेगा ?

□

6
नवाचार का क्षेत्र

कुछ लोगों का विचार है कि सभी आवश्यक आविष्कार एवं नवाचार सभी क्षेत्रों में हो चुके हैं। इसलिए अब ऐसा कोई और क्षेत्र नहीं बचा, जिसमें नवाचार करने की कोई गुंजाइश हो। यह विचार गलत ही नहीं, बल्कि विवेकहीन है और इस प्रकार की सोच नकारात्मक है। इसी प्रकार कुछ व्यक्तियों की धारणा है कि नवाचार केवल तकनीकी क्षेत्रों में ही किए जा सकते हैं। इस प्रकार की धारणा भी गलत है। नवाचार का क्षेत्र बहुत व्यापक ही नहीं, बल्कि असीमित है; क्योंकि नवाचार जीवन से संबंधित सभी गतिविधियों में हो सकते हैं।

इस संबंध में कुछ बच्चों ने अपनी जिज्ञासा को शांत करने के लिए ये प्रश्न किए—

प्रश्न : नवाचार किन-किन क्षेत्रों में किया जा सकता है ?

उत्तर : जैसा कि पूर्व में बताया गया है कि नवाचार का क्षेत्र बहुत ही व्यापक एवं असीमित है। नवाचार भिन्न-भिन्न क्षेत्रों, जैसे विज्ञान एवं प्रौद्योगिकी, विद्युत्, जल, यातायात, दूरसंचार, शिक्षा, कृषि, चिकित्सा, वायुमंडल, सड़क और इमारतों, आर्थिक, सामाजिक, सांस्कृतिक, राजनीतिक, धर्म, कानून, खेल, मनोरंजन, प्रशासन, अपराध एवं कानून, अध्यात्म आदि से संबंधित हो सकते हैं।

भारत जैसे कृषि-प्रधान देश में कृषि एवं कृषि से संबंधित क्षेत्रों में नवाचार के अपार अवसर हैं, जिस पर गहराई से विचार एवं कार्य करने की आवश्यकता है।

प्रश्न : क्या आप ऐसे क्षेत्रों का नाम बता सकते हैं, जहाँ नवाचारी उत्पाद एवं वस्तु आदि का सफलतापूर्वक व्यवसायीकरण एवं व्यापारीकरण किया जा सकता है ?

उत्तर : मुख्यतया खाने-पीने की वस्तुएँ, बच्चों के खिलौने, बैठकर खेले जानेवाले ज्ञानवर्धक खेल, मैदानों एवं पहाड़ों पर खेले जानेवाले साहसिक खेल, प्रयोग में आनेवाले अनेक प्रकार की आधुनिक मशीनें, स्वास्थ्य संबंधी उपकरण, परिवहन संबंधी साधन, रसोई संबंधी उपकरण, परिधान संबंधी साज-सामान, ऑफिस संबंधी सामग्री, कृषि संबंधी उपकरण, दृश्य-श्रव्य संबंधी साधन, सुरक्षा एवं राष्ट्रीय सुरक्षा संबंधी यंत्र तथा उपकरण आदि में नवाचारी उत्पाद एवं वस्तुओं का सफलतापूर्वक व्यवसायीकरण एवं व्यापारीकरण किया जा सकता है। इनके अलावा और भी ऐसे अनेक अन्वेषित/अज्ञात क्षेत्र हैं, जिनमें नवाचार की आवश्यकता है। जब तक इस संसार में मानव का अस्तित्व है, तब तक नवाचार की प्रक्रिया सतत रूप से चलती रहेगी। आवश्यकता केवल इस बात की है कि हम ऐसे क्षेत्रों की तलाश करें, जिनमें अभी तक नवाचार नहीं हुए हैं।

प्रश्न

1. क्या नवाचार का क्षेत्र बहुत ही व्यापक है ? यदि हाँ, तो कुछ ऐसे क्षेत्रों के बारे में बताएँ, जिनमें नवाचार की बहुत आवश्यकता है ?

2. कृषि के क्षेत्र में किस-किस प्रकार के नवाचारों की आवश्यकता है, जिससे कृषकों का काम आसान और सुलभ हो सके ?
3. क्या खाने-पीने के क्षेत्र में केवल महिलाएँ ही नवाचार कर सकती हैं ?

□

7

नवाचार की प्रक्रिया

नवाचार अर्थात् नयापन; कुछ ऐसा, जो पहले नहीं हुआ है। इसको हम इस तरह से समझ सकते हैं कि नवाचार यानी सृजनात्मकता। जिस प्रकार नवाचार में किसी कार्य को, किसी बात को नए ढंग से किया जाता है, उसी प्रकार सृजनात्मकता का अर्थ भी कुछ ऐसी नई चीजों को, रचनाओं या विचारों को पैदा करना है, जो पहले से ज्ञात नहीं हैं।

प्रश्न : नवाचार कितने किस्म के होते हैं और उनका किस प्रकार से वर्गीकरण होता है?

उत्तर : नवाचार प्रक्रिया की व्यापकता को देखते हुए इसे अध्ययन की दृष्टि से तीन प्रमुख वर्गों में बाँटा जाता है।

1. **सामान्य नवाचार** : यह छोटे-मोटे सुधार या नट-वोल्ट सुधार कहलाते हैं। इस प्रकार के नवाचार कोई भी साधारण व्यक्ति, महिला, बच्चे, विद्यार्थी, कारीगर आदि कर सकते हैं। इसके लिए विशेष शिक्षा की आवश्यकता नहीं होती है।

   बच्चों में जिज्ञासा के कारण नवाचारी या सृजनात्मक क्षमता जन्म से निहित होती है। आवश्यकता है उनकी छिपी हुई प्रतिभाओं को उजागर करने और नवाचार की प्रक्रिया को आगे बढ़ाने की।

2. **व्यापक नवाचार :** वे होते हैं, जिनमें प्रयासों के जरिए व्यापक बदलाव आ जाता है। यह बदलाव इतना प्रभावशाली होता है कि उद्योग जगत् का स्वरूप ही बदल जाता है। इस प्रकार के नवाचार से उत्पाद में सुधार, लागत में कमी, गुणवत्ता पर ध्यान देना और उत्पाद की लाइन को विस्तृत करना होता है। मोटर-कार/बस/ट्रक, हवाई अड्डा आदि ने यातायात का रूप ही बदल दिया है। एक जगह से दूसरे स्थान पर जाना कितना सरल एवं सुगम हो गया है।
3. **उच्च स्तरीय तकनीकी नवाचार :** योजनाबद्ध तरीके से जटिल तंत्रों में सुधार लाना। इस प्रकार के नवाचार से जटिल तंत्रों में संचार नेटवर्क, आयुध तंत्र, अंतरिक्ष अभियान आ जाते हैं। तकनीकी परिवर्तनों का दौर निरंतर चलता रहता है। यह दौर लंबा चलता है। सालोसाल तक कार्य चलता रहता है। इसमें अनेक भिन्न-भिन्न क्षेत्रों में काम करनेवाले लोग भाग लेते हैं। साथ ही इसमें भारी खर्चा भी होता है। यही कारण है कि इस प्रकार के तंत्र से दीर्घकालिक व गंभीर योजनाएँ तैयार की जाती हैं।

   इसके लिए प्रौद्योगिकियाँ विकसित की जाती हैं। यह क्रम तब तक चलता रहता है, जब तक अपेक्षित सुधार हासिल नहीं हो जाता। आवश्यकतानुसार यह कार्य एक साथ कई स्थानों पर भी चलता है, जैसे सैटेलाइट, स्पेस क्राफ्ट, मिसाइल आदि बनाने का कार्य अनेक स्थानों पर होता है।

प्रश्न : कृपया बताएँगे कि नवाचार प्रक्रिया किस प्रकार और कैसे आरंभ होती है ?

उत्तर : **1. समस्या की पहचान :** समस्या की पहचान से ही नवाचार प्रक्रिया की शुरुआत होती है। यह पहचान तभी जानी जाती है, जब उसकी माँग होती है।

2. **विचारों को सूत्रबद्ध करना :** इसके अंतर्गत अनेक प्रकार की सूचना एवं जानकारियों की आवश्यकता होती है। इनमें से कुछ सूचनाएँ आसानी से उपलब्ध हो जाती हैं और अन्य सूचनाओं को प्राप्त करने के लिए प्रयास करना पड़ता है।
3. **समस्या का हल तलाश करना :** इसके अंतर्गत उपलब्ध सूचनाओं का तरह-तरह से प्रयोग होता है। इसके लिए नई तकनीक का विकास किया जाता है या किसी उपलब्ध तकनीक में सुधार करके समस्या हल करने के अनुकूल बनाया जाता है।
4. **हल की प्राप्ति :** अनेक प्रकार के प्रयोग करके एक या अधिक हल प्राप्त होते हैं। हल आसानी से प्राप्त नहीं होता और उसके लिए कड़ी मेहनत करनी पड़ती है।
5. **हल को आजमाना :** इस प्रक्रिया के अंतर्गत एक से अधिक हल को व्यावहारिक रूप में आजमाया जाता है और आवश्यकतानुसार उसमें सुधार की गुंजाइश होती है तो सुधार किया जा सकता है और उसे आर्थिक रूप से भी लाभदायक बनाया जाता है। साथ-ही-साथ यह भी देखना जरूरी है कि उसका बड़े पैमाने पर उत्पाद हो पाएगा या नहीं।
6. **प्रयोग के बाद ज्ञान को आगे बाँटना :** यह सामाजिक उन्नति के लिए आवश्यक है। नवाचार द्वारा विकसित प्रौद्योगिकी का प्रयोग किसी दूसरे नवाचार के लिए सहायक हो सकता है। इस प्रकार अर्जित ज्ञान को सार्वजनिक करना समाज के हित में ही नहीं, बल्कि अन्य नव-प्रवर्तन करनेवालों को भी एक आधार मिल जाता है।

प्रश्न : क्या हर क्षेत्र में नवाचार करनेवालों की आवश्यकता है?

उत्तर : यह देखा गया है कि नव-प्रवर्तन करनेवालों की

आवश्यकता हर क्षेत्र में है। यहाँ तक कि हमारे तमाम सरकारी विभागों में पुराने कामकाज के तरीके में परिवर्तन लाने की आवश्यकता है। हाल ही में प्रधानमंत्री ने देश के सभी वरिष्ठ एवं उच्च अधिकारियों से अपील की है कि वे नवाचार के माध्यम से अपने-अपने कार्यक्षेत्र की कार्यक्षमता में तेजी से सुधार लाएँ।

प्रश्न : क्या छोटे-छोटे एवं साधारण नवाचारों की उपयोगिता और सफलता का आकलन हुआ है ?

उत्तर : इस संबंध में किए गए सर्वेक्षण से ज्ञात होता है कि नवाचार ज्यादातर छोटे-छोटे होते हैं, जो काम में मामूली परिवर्तन करते हैं, परंतु उनसे सफलता बहुत ज्यादा मिल जाती है।

प्रश्न : क्या देश में कोई ऐसा सर्वेक्षण हुआ है, जिसके अनुसार छोटे-छोटे नवाचारों का प्रतिशत कितना है, यह पता चल सके ?

उत्तर : एक सर्वेक्षण के अनुसार कुल नवाचारों में से छोटे और मामूली प्रकार के नवाचारों का प्रतिशत 66 से अधिक है। ये छोटे-छोटे नवाचार अधिकतर उपयोगी साबित हुए हैं।

प्रश्न : क्या नवाचारों की आवश्यकता बाजार की माँग पर आधारित होती है ?

उत्तर : आवश्यकता नवाचार की जननी है। ज्यादातर नवाचार आवश्यकताओं से प्रेरित होते हैं। 45 प्रतिशत इनोवेशन की माँग बाजार से आती है और 30 प्रतिशत नवाचार उत्पादन के दौरान सुधार की आवश्यकता से होता है। इस प्रकार लगभग 75 प्रतिशत नवाचार की माँग आवश्यकता के कारण होती है। शेष 25 प्रतिशत व्यक्तिगत इच्छा से या व्यक्तिगत पहल के कारण होती है और इस प्रकार किए गए नवाचार भी महत्त्वपूर्ण होते हैं।

प्रश्न

1. क्या भिन्न-भिन्न प्रकार के नवाचारों का वर्गीकरण किया जा सकता है?
2. क्या नवाचार की प्रक्रिया समस्या की पहचान से आरंभ होती है? यदि हाँ, तो 2/3 समस्याओं का उदाहरण पेश करें।
3. क्या नवाचार के माध्यम से सरकारी कामकाज या कार्यक्षमता में सुधार संभव है?
4. क्या आवश्यकता नवाचार की जननी है?

□

8

नवाचार (उत्पाद) का नामकरण

जिस प्रकार माँ-बाप अपने बच्चों तथा मालिक अपने पालतू जानवरों, जैसे कुत्ते-बिल्ली का नाम रखते हैं, उसी प्रकार नवाचारी को अपने नवाचार (उत्पाद) पूर्ण होने के बाद तैयार उत्पाद का नामकरण करने का सर्वाधिकार होता है। नवाचार का उचित नाम देना एक महत्त्वपूर्ण कार्य है।

प्रश्न : कृपया बताने का कष्ट करें कि नवाचार उत्पादन के नामकरण का क्या महत्त्व है ?

उत्तर : नवाचार सफल होने के उपरांत उत्पाद का व्यापारीकरण हो जाता है, इसलिए उसके नामकरण का महत्त्व ज्यादा हो जाता है। उसका नामकरण इस प्रकार किया जाना चाहिए कि वह ग्राहकों को आकर्षित करे और उत्पाद के गुणों को भी दरशाए।

आविष्कारक को अपने सफल आविष्कार के लिए एक उपयुक्त नाम देना कठिन हो जाता है, क्योंकि प्रथम बार उत्पाद आविष्कृत हुआ है। परंतु नवाचारी (Innovator) के लिए यह कार्य आविष्कारक की अपेक्षा अधिक सरल एवं आसान है।

प्रश्न : नवाचार उत्पादक का सही नामकरण किस प्रकार और क्यों आवश्यक है ?

उत्तर : आमतौर पर उपभोक्ताओं को बेची जानेवाली वस्तुओं के इस प्रकार से नाम रखने चाहिए कि ग्राहक को सरलता से समझ में आ जाए कि वस्तु क्या है और इसका क्या उपयोग है। उदाहरण के तौर पर, जैसे अमूल आइसक्रीम अर्थात् अमूल कंपनी कोका-कोला, जिसमें 'कोको' का अर्थ है—स्वादिष्ट पत्ता तथा 'कोला' का अर्थ है—मीठा कार्बन-युक्त जल। 'पोटैटो चिप्स' का अर्थ है कि पतले-पतले बरख अर्थात् आलू से बनाया गया उत्पाद। इसी प्रकार 'पान मसाला' और 'पान बहार' आदि पदार्थ के अपने नाम से ही उनके प्रयोग के बारे में जानकारी मिल जाती है। इस प्रकार बाजार में ऐसे अनेक नाम मिल जाएँगे, जो इंगित करते हैं कि वे किन-किन पदार्थों से उत्पादक बनी हैं।

प्रश्न : उपर्युक्त प्रश्न का उत्तर और अधिक सरलता से समझाने का प्रयास करें, जिससे हम सभी आसानी से समझ सकें।

उत्तर : किसी उत्पाद, उपकरण, मशीन आदि का नवीनीकरण के बाद नामकरण करना अधिक आसान है, क्योंकि नवीनीकरण उन्हीं से संबंधित होता है। इस संबंध में दो सफल नवाचारों के नाम किस प्रकार चुने गए, इससे आपको आसानी से समझ में आ जाएगा कि उनका नामकरण किस प्रकार किया गया।

1. 'रेलवे टिकट डेटिंग मशीन' का नवीनीकरण के उपरांत उसका नाम 'सेल्फ इंकिंग रेलवे टिकट डेटिंग एवं टाइमिंग मशीन' रखा गया, क्योंकि यह तारीख, माह, सन् और समय को काली स्याही द्वारा स्पष्ट रूप से टिकट पर अंकित करती है। इससे पूर्व तारीख आदि टिकट पर प्रिंट की जाती थी, जो अकसर स्पष्ट रूप से अंकित नहीं हो पाती थी।

2. हस्त–चालित एक लाइन छापनेवाली नंबर प्रिंटिंग मशीन 'नंबरिंग मशीन' का नवीनीकरण एक साथ 3/4 लाइनें छापनेवाली छोटी सी प्रिंटिंग मशीन के रूप में किया गया तो उसका नाम 'माइक्रो मिनी प्रिंटर' रखा गया, जो स्पष्ट रूप से दरशाता है कि यह एक सूक्ष्म प्रिंटिंग मशीन है, जिसका सफलता से पिछले 20 सालों से उपयोग हो रहा है।

प्रश्न : क्या नवाचारी का अपने मित्रों एवं सहयोगियों से इस विषय में विचार–विमर्श करना उचित होगा?

उत्तर : नामकरण की प्रक्रिया अत्यंत जटिल तो नहीं है, परंतु बहुत आसान एवं सरल भी नहीं है। इसलिए नवाचारी को इस विषय में अपने मित्रों, सहयोगियों, साथियों एवं सहकर्मियों से विचार–विमर्श अवश्य करना चाहिए और उनके सुझावों पर ध्यान देना चाहिए। अंत में निर्णय तो नवाचारी को स्वयं ही करना होगा।

प्रश्न : नामकरण किन–किन कसौटियों पर खरा उतरना चाहिए, जिससे नवाचार वस्तु का नाम रोचक और प्रभावशाली हो, जो सफल व्यापारीकरण में मदद करे?

उत्तर : यदि निम्न तीनों बातें संतोषजनक हैं तो नवाचारी पदार्थ के सफल नामकरण की संभावना काफी अधिक है।

1. क्या नाम उत्पाद की कार्य–प्रणाली की झलक देता है?
2. नाम सुनकर लोगों के मस्तिष्क में क्या छवि उभरती है?
3. क्या नाम का उच्चारण तथा उसे याद रखना आसान है?

प्रश्न

1. क्या उत्पाद का उचित/सही नाम व्यापारीकरण में सहायक होता है?

2. क्या उत्पाद का नाम छोटा एवं सरल होना चाहिए, जो आसानी से याद रह सके ?
3. क्या उत्पाद का सही नाम देने में परिवार के सदस्य, मित्रगण, सहयोगी आदि से सलाह एवं मशवरा उचित है ?
4. क्या उत्पाद का नाम उसके गुणों एवं उपयोग के विषय में जानकारी प्रदर्शित करता है ?

□

9

नवाचारी की डायरी

प्रतिदिन नए-नए आनेवाले विचारों को दैनिक डायरी में लिखना नवाचारी के जीवन का एक महत्त्वपूर्ण पहलू है। कभी-कभी इस प्रकार की डायरी या नोटबुक शोध का विषय बन जाती है। बीसवीं सदी के सबसे बड़े आविष्कारक थॉमस अल्वा एडीसन द्वारा छोड़ी गई नोटबुकों के हजारों पन्ने आज भी बड़ी जिज्ञासा के साथ पढ़े जाते हैं और उनसे अनेक प्रकार के नए-नए आविष्कार एवं नवाचार हो रहे हैं।

प्रश्न : क्या नवाचारी को अपने साथ सदैव डायरी या नोटबुक रखना आवश्यक है?

उत्तर : प्रत्येक नवाचारी को एक ऐसी नोटबुक रखनी चाहिए, जो उसकी जेब में आसानी से आ जाए और जब कभी उसको नया विचार आए तो वह उसे उसी समय उस डायरी में नोट कर ले।

प्रश्न : क्या नवाचारी को समय-समय पर किए जानेवाले प्रयासों को भी डायरी में दर्ज करना चाहिए?

उत्तर : अवश्य ही अपने प्रयासों को दर्ज करना चाहिए, चाहे प्रयासों के नतीजे आशाजनक हों या निराशाजनक।

प्रश्न : क्या नवाचारी को अपनी नोटबुक समय-समय पर देखना आवश्यक है?

उत्तर : नवाचारी को समय-समय पर अपनी डायरी या नोटबुक देखना लाभकारी हो सकता है; क्योंकि कई बार एक बात, जो पहले अटपटी या अविश्वसनीय लगती है, वह बाद में जाकर तर्कपूर्ण भी लगने लगती है। कभी-कभी पुराने विचार भी ज्यादा सहायक लगने लगते हैं।

प्रश्न : क्या नवाचारी को डायरी लिखते समय तारीख भी अंकित करनी आवश्यक है?

उत्तर : यह आदत अच्छी एवं लाभदायक सिद्ध हो सकती है, विशेषकर जब कभी पेटेंट कराने में विवाद उत्पन्न हो जाए। जब दो नवाचारी एक ही समय में अपने नवाचार के पेटेंट के लिए अपना-अपना दावा पेश करते हैं तो उस समय डायरी में लिखी हुई तारीख बहुत ही काम आती है।

प्रश्न : क्या यह आवश्यक है कि नोटबुक में किसी मित्र या साथी के हस्ताक्षर करा लें?

उत्तर : पेटेंट विवाद के मामले में इस प्रकार की नोटबुक, जिसमें किसी विश्वासपात्र व्यक्ति या मित्र के हस्ताक्षर मय तारीख के हों, अधिक उपयोगी सिद्ध होगी।

प्रश्न : क्या नोटबुक के प्रत्येक पन्ने पर नंबर होना जरूरी है?

उत्तर : नोटबुक के प्रत्येक पन्ने पर नंबर होना चाहिए और किसी भी पन्ने को खाली नहीं छोड़ना चाहिए। किसी पन्ने को फाड़ना भी उचित नहीं है।

प्रश्न

1. क्या आप बता सकते हैं कि नवाचारी के लिए डायरी रखना किस प्रकार से लाभप्रद हो सकता है?
2. इस प्रकार की डायरी रखने से दूसरे नवाचारी को क्या लाभ मिल सकता है?

3. क्या डायरी में लिखे गए पुराने एवं अटपटे विचार भविष्य में नवाचारी की सहायता कर सकते हैं ?
4. नवाचारी को डायरी में किन-किन बातों को मुख्य रूप से नोट करना चाहिए ?

□

10
नवाचार से लाभ

समाजोपयोगी नवाचारों से आमतौर पर समाज को लाभ होता है; परंतु उनका गलत उपयोग करने के कारण उनका दुरुपयोग समाज के लिए कष्टदायक, दु:खदायी एवं अहितकर साबित होता है।

प्रश्न : नवाचार से समाज को किस प्रकार लाभ होता है?

उत्तर : जब नवाचार के कारण किसी वस्तु की उत्पादन लागत में कमी आ जाती है तो उपभोक्ता के लिए उसकी उपयोगिता बढ़ जाती है।

प्रश्न : नवाचार किस प्रकार से समाज के लिए लाभकारी है?

उत्तर : बहुत से नवाचारों से जोखिम में कमी आने के कारण भी समाज में नवाचार की उपयोगिता बढ़ जाती है।

प्रश्न : क्या नवाचार से जीवन-स्तर में सुधार आता है?

उत्तर : हाँ, अनेक नवाचार उत्पादों, जैसे—मिक्सी, वाशिंग मशीन, कुकिंग गैस, कुकर आदि में सुधार होने से रोजाना के कार्यों को सुगमता से करने के कारण जीवन-स्तर में दिन-प्रतिदिन सुधार हो रहा है।

प्रश्न : क्या नवाचार से कार्य-कुशलता में वृद्धि होती है?

उत्तर : मोबाइल फोन, कंप्यूटर, इंटरनेट आदि में दिन-प्रतिदिन हो रहे नवाचारों के कारण कार्य-कुशलता एवं कार्य-प्रणाली में तेजी से सुधार हो रहा है।

प्रश्न : राष्ट्र के विकास में नवाचारों का क्या योगदान है ?

उत्तर : जिन देशों में नवाचार संस्कृति का तेजी से विकास हो रहा है, वे ही देश उत्पादों में तेजी से नवीनीकरण के द्वारा नए-नए उत्पाद एवं उपकरण बाजारों में उतार रहे हैं और उनका तेजी से आर्थिक विकास हो रहा है। इस दिशा में जापान, अमेरिका, जर्मनी आदि देश बहुत आगे हैं और इस प्रकार इन देशों ने तेजी से हो रहे आर्थिक विकास द्वारा अपने-अपने राष्ट्रों को समृद्धिशाली बनाया है।

प्रश्न : नवाचार द्वारा नवाचारी को क्या लाभ होता है ?

उत्तर : नवाचार सफल होने पर नवाचारी का आत्म-संतोष के साथ-साथ अपने कार्यों के प्रति आत्म-विश्वास बढ़ता है। इसके अलावा उसे हर्ष, उल्लास एवं आनंद की अनुभूति भी होती है।

प्रश्न : क्या नवाचारी को आर्थिक लाभ भी प्राप्त होता है ?

उत्तर : इसमें कोई संदेह नहीं है कि नवाचार का सफल व्यवसायीकरण होने के उपरांत नवाचारी को आर्थिक लाभ मिलता ही है और बहुत से लोग कुछ ही समय में नवाचार के माध्यम से मालामाल हो जाते हैं। नवाचार के माध्यम से अनेक सफल नवाचारी करोड़पति एवं अरबपति बने।

हम सभी परिचित हैं कि कंप्यूटर प्रणाली में दिन-प्रतिदिन नए-नए नवाचारों के माध्यम से बिल गेट्स की गिनती दुनिया के सबसे धनाढ्य और सबसे बड़े दानी के रूप में की जाती है।

प्रश्न : नवाचारी को आर्थिक लाभ के अतिरिक्त और क्या-क्या अन्य लाभ मिलते हैं ?

उत्तर : एक सफल नवाचारी को मान-सम्मान के अलावा सामाजिक प्रतिष्ठा भी प्राप्त होती है। अनेक सफल नवाचारियों को

प्रदेश एवं राष्ट्र स्तर के अलावा अंतरराष्ट्रीय स्तर पर भी मान्यता मिल सकती है, यदि उस नवाचार की उपयोगिता अंतरराष्ट्रीय स्तर पर स्वीकार की गई है।

प्रश्न : क्या नवाचारी के प्रेरणात्मक कार्यों से समाज के दूसरे व्यक्ति भी प्रेरित होते हैं ?

उत्तर : जिन व्यक्तियों में सकारात्मक सोच होती है, वे अवश्य ही प्रेरणात्मक कार्यों से प्रभावित होते रहते हैं और उस राह पर चलने का प्रयत्न भी करते हैं।

प्रश्न : नवाचारी के परिवारी जन किस प्रकार से उसका मूल्यांकन करते हैं ?

उत्तर : यह प्रश्न वास्तव में बहुत ही कठिन है, इसलिए इसका उत्तर आसानी से नहीं दिया जा सकता है। बहुत से परिवारी जन नवाचारी को सनकी कहते हैं, कुछ लोग पागलपन की संज्ञा देते हैं और कुछ लोग उसको दीवाना भी कहते हैं और कुछ लोग कहते हैं कि वह फालतू कामों में अपना समय नष्ट कर रहा है। बहुत ही कम लोग हैं, जो नवाचारी के विषय में सकारात्मक सोच रखते हैं। सच्चा नवाचारी वही है, जो अपने कार्यों में तल्लीन रहता है और ऐसे विचारों की परवाह नहीं करता।

प्रश्न

1. नवाचार से किस प्रकार समाज एवं राष्ट्र को लाभ मिलता है ?
2. क्या नवाचार देश की सुरक्षा में महत्त्वपूर्ण योगदान करता है ?
3. क्या एक सफल नवाचारी समाज के लोगों के लिए प्रेरणा-स्रोत बन सकता है ?
4. क्या एक सफल नवाचारी समाज में विशिष्ट स्थान प्राप्त करता है ? किस प्रकार उसको मान-सम्मान एवं प्रतिष्ठा मिलती है ?

□

11

नवाचार के लिए कार्यशाला

प्रत्येक कार्य करने के लिए एक उचित वातावरण एवं स्थल की आवश्यकता होती है, जिससे काम की गति, गुणवत्ता आदि पर महत्त्वपूर्ण प्रभाव पड़ता है। अकेला नवाचारी अकसर अपने किसी छोटे से कमरे या गैराज आदि में काम आरंभ करता है। यह अजीब संयोग लगता है कि 'कारखाना' का नाम संभवतया शब्द गैराज या 'कार-खाना' से हुआ है, क्योंकि गैराज में कुछ बड़े-बड़े आविष्कार/नवाचार आरंभ हुए।

प्रश्न : क्या छोटे-छोटे आविष्कारों/नवाचारों के लिए बड़े-बड़े कार्यस्थल या कार्यशाला की आवश्यकता होती है?

उत्तर : छोटे-छोटे आविष्कारों/नवाचारों के लिए कोई ऐसी आवश्यकता नहीं होती है। वे तो अनेक प्रकार के छोटे स्थानों पर भी होते हैं, जैसे—खेतों एवं खलिहानों में, रसोईघर में, स्नानगृह, शयनकक्ष, अतिथिकक्ष तथा बाग-बगीचों में। छोटे-छोटे कार्यालय एवं छोटे-छोटे कारखानों में भी होते हैं।

प्रश्न : क्या नवाचारी के लिए एकांत आवश्यक है?

उत्तर : एक सच्चा नवाचारी हमेशा कुछ-न-कुछ नया सोचता रहता है, इसलिए उसको एकांत की आवश्यकता होती है। शोर-शराबे से दूर रहना भी उसके हित में है। यदि उसके कार्य

में बाधा आ जाए तो उसका मन उचट जाता है और वह अपने मार्ग से भी भटक सकता है, इसलिए उसको एकांत एवं एकाग्रता की आवश्यकता होती है।

प्रश्न : ज्ञानवर्धन और समस्याओं को हल करने के लिए नवाचारी को किस प्रकार की चीजों की आवश्यकता होती है?

उत्तर : ज्ञानवर्धन के लिए नवाचारी को किताबें, मैनुअल, कैटलॉग आदि की आवश्यकता होती है। निर्माण एवं प्रयोग के लिए उपकरण, टूल्स आदि की भी जरूरत होती है।

प्रश्न : आज की आधुनिक सुविधाएँ, जैसे कंप्यूटर, इंटरनेट एवं स्केनर आदि से नवाचारी किस प्रकार से लाभान्वित हो सकता है?

उत्तर : ज्ञानवर्धन के लिए ये सुविधाएँ अत्यंत महत्त्वपूर्ण हैं। उनसे नवाचारी बहुत कुछ लाभ प्राप्त कर सकता है, बशर्ते नवाचारी कंप्यूटर शिक्षित हो।

प्रश्न : एक नवाचारी अपने परिवार के सदस्य, जैसे माता-पिता, पत्नी, भाई-बहन, मित्र, शिक्षक एवं पड़ोसियों से क्या अपेक्षा रखता है?

उत्तर : नवाचारी अपने परिवार के सभी सदस्यों, पड़ोसी, शिक्षक आदि से सद्भावना, सद्व्यवहार और आवश्यकता पड़ने पर छोटी-मोटी मदद की अपेक्षा रखता है। उनके द्वारा स्थापित शांतिपूर्ण वातावरण भी नवाचार प्रक्रिया को आगे बढ़ाने में सहायता करता है।

प्रश्न : कृपया बताने की कृपा करें कि एक साधारण से नवाचारी को छोटे-छोटे नवाचारों के लिए किस प्रकार की प्रयोगशाला की आवश्यकता होती है और उसमें किस प्रकार के यंत्र आदि उपलब्ध होने चाहिए?

उत्तर : आरंभ में नए-नए नवाचारी को धन की कमी के कारण

आवश्यक वस्तुओं एवं उपकरण आदि को इधर-उधर से जुटाने की कोशिश करनी चाहिए और इस प्रकार अपनी प्रयोगशाला स्थापित करनी चाहिए। आवश्यकता इस बात की है कि जरूरी वस्तुओं और उपकरणों पर कम-से-कम पैसा खर्च किया जाए और जो चीजें आसानी से घरवालों, मित्रों एवं पड़ोसियों से मिल सकती हैं, उन्हें जुटाने की भरपूर कोशिश की जाए। शेष वस्तुओं को खरीदने के अलावा और कोई रास्ता नहीं है।

नवाचारी की प्रयोगशाला में नए उत्पाद बनाने की कोशिश करने के लिए जरूरी वस्तुओं की आवश्यकता इस प्रकार है—

1. प्रयोगशाला छोटी भी हो, परंतु साफ-सुथरी होनी चाहिए।
2. काम करने के लिए बेंच, बेंच पर प्रकाश व्यवस्था, बैठने हेतु स्टूल।
3. चीजों को जमा करके रखने की व्यवस्था। इसके लिए पुराने गत्ते, प्लास्टिक, लकड़ी के डिब्बे, टिन के डिब्बे आदि इस्तेमाल किए जा सकते हैं।
4. उपकरण व टूल्स, पेचकस, हथौड़ा, प्लायर, ट्वीजर, कैंची, स्केल, फीता नापनेवाला ड्रिल, बिट ड्रिल के लिए क्लैंप, चाकू, आरी, फाइल, सैंडपेपर आदि।
5. स्क्रू, रबर, टेप, पतले तार, गोंद एवं दूसरे चिपकानेवाले पदार्थ, जैसे अरल्डाइट, कीलें, रस्सी, लकड़ी के कबाड़ टुकड़े, इलेक्ट्रॉनिक्स के पुरजे, प्लास्टिक के पुरजे, रबर के पुरजे, धातु के पुरजे आदि।
6. बेकार घरेलू वस्तुएँ, जो नवाचार करने, मॉडल बनाने आदि में काम आ जाती हैं, जैसे—गत्ता, पुराने कनस्तर, तार, कागज, पेपर क्लिप, दियासलाई, एल्यूमीनियम की पत्ती आदि।
7. घर की अनेक वस्तुएँ-उपकरण, जो खराब हो गए हों, वे भी आविष्कार/नवाचार में काम आ जाते हैं, जैसे—रसोई के उपकरण,

टोस्टर, पुराने रेडियो, टेप रिकॉर्डर, खिलौने, ताले, कैमरा, लैंप, टाइपराइटर, साइकिल, टेलीफोन आदि। कई बार उनके पुरजे निकालकर मॉडल आदि में लगा सकते हैं।

प्रश्न : क्या ऐसी छोटी कार्यशालाओं में बड़े एवं जटिल नवाचार करना संभव है ?

उत्तर : छोटी कार्यशाला में बड़े एवं जटिल नवाचार करना असुविधाजनक होता है। बड़े एवं जटिल नवाचार के लिए बहुत बड़ी-बड़ी एवं व्यवस्थित प्रयोगशालाओं की आवश्यकता होती है, जहाँ अनेक नवाचारी/आविष्कारक एक साथ मिल-जुलकर भिन्न-भिन्न पहलुओं पर कार्य करते हैं और समय भी अधिक लगता है। अकसर ऐसे जटिल नवाचारों पर आधारित उत्पाद को बाजार में उतारने में वर्षों लग जाते हैं और इस पर व्यय भी बहुत होता है। सफल व्यापारीकरण के उपरांत धन की कमाई भी खूब होती है।

प्रश्न

1. क्या छोटे, मझोले एवं बड़े नवाचार के लिए कार्यशाला आवश्यक है ?
2. क्या कार्यशाला के अतिरिक्त अन्य स्थानों पर भी नवाचार करना संभव है ? यदि हाँ, तो एक-दो स्थानों के नाम बताएँ, जहाँ सफल नवाचार हुए हैं ?
3. क्या आधुनिक सुविधाएँ, जैसे कंप्यूटर, इंटरनेट आदि के बिना नवाचार करना संभव नहीं है ?
4. एक अच्छी एवं व्यवस्थित छोटी सी प्रयोगशाला में किन-किन वस्तुओं एवं उपकरणों की आवश्यकता होती है ? कृपया 10 वस्तुओं एवं उपकरणों के नाम बताएँ ?

□

12

नवाचार पर आधारित उत्पाद का निर्माण एवं बिक्री

किसी उत्पाद के निर्माण में काफी समय, पैसा एवं ऊर्जा भी व्यय होती है। नवाचार करना एक अलग प्रकार का कार्य होता है और नवाचार पर आधारित उत्पाद का निर्माण करना एक दूसरे प्रकार का काम है।

प्रश्न : क्या छोटे-छोटे नवाचार पर आधारित उत्पाद का निर्माण स्वयं करना चाहिए?

उत्तर : इसके लिए धन एवं संसाधन की आवश्यकता होती है, इसलिए एक छोटे से नवाचारी के लिए स्वयं निर्माण कार्य करना खतरे से खाली नहीं है, क्योंकि इसमें अनेक प्रकार की कठिनाइयाँ एवं बाधाएँ आती हैं।

प्रश्न : स्वयं निर्माण कार्य में किस प्रकार की कठिनाइयाँ एवं बाधाएँ आती हैं?

उत्तर : सर्वप्रथम एक कार्यशाला की आवश्यकता होती है और उसके अलावा धन, मशीन, ऊर्जा, अनेक प्रकार के यंत्र एवं उपकरण के साथ-साथ कुशल कारीगरों की भी आवश्यकता होती है।

प्रश्न : क्या उत्पाद को छोटे पैमाने पर बनाया जा सकता है?

उत्तर : यदि नवाचारी का उत्पाद सरल है तो उसे छोटे पैमाने पर

बनाना आसान एवं कम खर्चीला होता है। इस प्रकार के उत्पाद का निर्माण करके प्रयोग के तौर पर बेचा जा सकता है। इससे नवाचारी को पता लग जाता है कि उसका उत्पाद बाजार में स्वीकार किया जाएगा या नहीं।

प्रश्न : क्या नवाचारी उत्पाद का बाजार में स्वीकृतीकरण के उपरांत बड़े पैमाने पर व्यवसाय करने का निर्णय ले सकता है?

उत्तर : एक छोटे से नवाचारी का बड़े पैमाने पर उत्पाद एवं व्यवसाय करना उतना आसान नहीं है, जितना कि हम सभी सोचते हैं। इसके लिए बहुत धन और साधन की आवश्यकता होती है।

प्रश्न : कृपया बताएँ कि किस प्रकार बड़े पैमाने पर उत्पाद का निर्माण किया जा सकता है और बाजार की आवश्यकता की पूर्ति की जा सकती है?

उत्तर : यदि उत्पाद समाज के लिए बहुत ही उपयोगी पाया जाता है तो कोई भी बड़ा निर्माता नवाचारी की शर्तों पर अनुबंध करने को तैयार हो सकता है।

प्रश्न : क्या नवाचार को किसी निर्माता को बेचा जा सकता है?

उत्तर : आमतौर पर नवाचार दो तरीके से बिक जाते हैं।

1. निर्माणकर्ता नवाचारी को एकमुश्त रकम देकर निर्माण व विक्रय के सारे अधिकार खरीद लेता है। उसके बाद नवाचारी का उसपर कोई अधिकार नहीं होता है।
2. निर्माता केवल निर्माण अधिकार लेता है और निर्माण करके उत्पाद को बेचता है, जिस पर नवाचारी अनुबंध के अनुसार बिक्री पर रॉयल्टी लेता है।

प्रश्न : नवाचारी को निर्माता के साथ किस प्रकार की सावधानी बरतनी चाहिए?

उत्तर : आमतौर पर नवाचारी को तीन प्रकार की सावधानियों को ध्यान में रखने की आवश्यकता है—

1. एक उपयुक्त निर्माता कंपनी को चुनना।
2. निर्माता कंपनी के समक्ष अपने नवाचार को सही रूप में प्रस्तुत करना।
3. निर्माता के साथ वैधानिक व लाभदायक अनुबंध करना।

प्रश्न : नवाचार पर आधारित उत्पाद का किस प्रकार से खुदरा मूल्य निर्धारित किया जाना चाहिए?

उत्तर : यदि आपका उत्पाद बाजार में मिलनेवाले दूसरे उत्पाद से अधिक उत्तम एवं गुणवत्ता में बेहतर है तो उसका खुदरा मूल्य कुछ अधिक निर्धारित किया जा सकता है और यदि आपके उत्पाद का बाजार में कोई प्रतिस्पर्धी नहीं है तो अधिक लाभ के साथ उसका खुदरा मूल्य निर्धारित करना अधिक आसान है। इससे नवाचारी एवं निर्माता को अधिक आर्थिक लाभ होता है।

प्रश्न : क्या नवाचारी एवं निर्माता को ग्राहकों की प्रतिक्रिया जानना आवश्यक है?

उत्तर : घोर प्रतिस्पर्धा के युग में ग्राहकों की प्रतिक्रिया लेना बहुत ही आवश्यक है। नवाचारी को अपने उत्पाद में सुधार करते रहना चाहिए और निर्माता को समय-समय पर सुधारों की सूचना देना लाभकर होगा, जिससे वे उत्पाद में आवश्यक परिवर्तन करके और अधिक उपयोगी तथा सरल बना सकें। यदि नवाचारी एवं निर्माता के बीच मधुर संबंध रहेंगे तो न सिर्फ दोनों को लाभ होगा, वरन् समाज भी लाभान्वित होगा।

प्रश्न

1. नवाचार पर आधारित उत्पाद के निर्माण के लिए किन-किन साधनों की आवश्यकता होती है?

2. छोटे नवाचारी को अपने उत्पाद का स्वयं निर्माण करने में किस प्रकार की सावधानी बरतने की आवश्यकता है ?
3. क्या उत्पाद का बाजार में स्वीकृतीकरण के उपरांत ही बड़े पैमाने पर निर्माण करना चाहिए ? किस प्रकार से बाजार की स्वीकृति प्राप्त की जा सकती है ?
4. नवाचारी अपने उत्पाद का खुदरा मूल्य किस प्रकार से निर्धारित कर सकता है और उसको क्या-क्या सावधानियाँ बरतनी चाहिए ?
5. उत्पाद को बाजार में किस प्रकार से सफलतापूर्वक उतारा जा सकता है ?

□

13

पेटेंट संबंधी जानकारी

नवाचार एक अत्यंत मूल्यवान् उपलब्धि होती है। इसमें इस बात का पूरा भय रहता है कि कोई दूसरा व्यक्ति इसे चुराकर कहीं अपना उद्योग न लगा ले और मालामाल न हो जाए और असली नवाचारी बेचारा हाथ ही मलता रह जाए।

प्रश्न : क्या छोटे-छोटे नवाचारियों के लिए पेटेंट प्रक्रिया की जानकारी आवश्यक है?

उत्तर : नवाचार पर नवाचारी का नाम बना रहे, यह नितांत आवश्यक है। इसलिए नवाचारी के लिए पेटेंट संबंधी जानकारी हासिल करना अत्यंत आवश्यक है। इस विषय में कोई कमी नहीं रहनी चाहिए।

प्रश्न : क्या छोटे-छोटे नवाचारों को पेटेंट कराने की आवश्यकता है?

उत्तर : पेटेंट कराना इसलिए आवश्यक होता है कि नवाचार करने के लिए नवाचारी अपने कौशल, कल्पना-शक्ति, श्रम एवं संसाधन सभी का भरपूर प्रयोग करता है और समाज के लिए एक उपयोगी चीज बनाता है। इसलिए जनहित में सरकार का दायित्व हो जाता है कि वह नवाचारी को सुरक्षा प्रदान करे, जिससे दूसरे प्रतिस्पर्धी उसको कोई नुकसान

न पहुँचा सकें।

प्रश्न : पेटेंट द्वारा नवाचारी को क्या लाभ प्राप्त होगा ?

उत्तर : सरकार और नवाचारी के बीच पेटेंट के जरिए एक समझौता माना जाता है कि नवाचारी अपने अर्जित ज्ञान को जाहिर करेगा तथा उस अर्जित ज्ञान के आधार पर नवाचार का समुचित लाभ नवाचारी को निश्चित अवधि तक मिलता रहेगा।

प्रश्न : क्या सभी नवाचार पेटेंट हो सकते हैं ?

उत्तर : नहीं। यदि उस प्रकार के नवाचार उससे पूर्व पेटेंट हो चुके हैं तो यह नवाचार पेटेंट नहीं हो सकेगा। इसलिए पेटेंट कराने से पूर्व यह जानना आवश्यक है कि जो नवाचार आपने किया है, उस प्रकार का नवाचार कहीं पहले तो नहीं हो चुका है तथा उसको पेटेंट अधिकार तो नहीं मिल चुका है।

प्रश्न : किस कानून के अंतर्गत पेटेंट प्राप्त किया जा सकता है ?

उत्तर : वर्तमान में पेटेंट भारत सरकार के पेटेंट कानून 1970 के अंतर्गत होता है तथा पेटेंट प्रक्रिया 1972 के तहत बने नियमों के अनुसार पूरी की जाती है। मुख्य पेटेंट कार्यालय कोलकाता में है और शाखा कार्यालय दिल्ली, मुंबई, चेन्नई आदि में हैं।

प्रश्न : क्या छोटे-छोटे नवाचारियों को पेटेंट एटॉर्नी की मदद की आवश्यकता होती है ?

उत्तर : पेटेंट प्रक्रिया जटिल होने के कारण छोटे-छोटे नवाचारियों को पेटेंट एटॉर्नी की मदद लेना आवश्यक ही नहीं, बल्कि बहुत जरूरी है। एक अच्छा विश्वसनीय पेटेंट एटॉर्नी आपकी पूर्ण रूप से मदद कर सकता है।

प्रश्न : मेरा नवाचार नया है या नहीं, यह कैसे जाना जा सकता है ?

उत्तर : पेटेंट कार्यालय में पेटेंट संबंधी पिछली सारी सूचनाएँ वर्गीकृत रहती हैं। वहाँ पर नवाचारी आवश्यक जानकारी हासिल कर सकता है। ढूँढ़ने का काम आमतौर पर स्वयं ही करना होता है।

प्रश्न : मैंने अपने नवाचार का प्रयोग करना प्रारंभ कर दिया है। मैं दो साल से उसपर आधारित उत्पाद बनाकर बेच रहा हूँ। क्या मैं अब पेटेंट आवेदन कर सकता हूँ?

उत्तर : एक निश्चित अवधि, आमतौर पर एक वर्ष में ज्यादा अवधि से प्रचलित वस्तु का पेटेंट आवेदन नहीं किया जा सकता है।

प्रश्न : मैंने डेढ़ वर्ष पूर्व एक लेख में अपने नवाचार का वर्णन एक पत्रिका में प्रकाशित किया था। क्या आज मैं अपने नवाचार के पेटेंट का आवेदन कर सकता हूँ?

उत्तर : जो चीज एक निश्चित अवधि से पहले ही सार्वजनिक हो चुकी है, उसका पेटेंट आवेदन नहीं किया जा सकता है। पेटेंट आवेदन दाखिल करने के बाद ही पत्रिकाओं में लेख आदि लिखने चाहिए।

प्रश्न : यदि दो लोग एक ही चीज का पेटेंट आवेदन अलग-अलग दाखिल करते हैं तो क्या होगा?

उत्तर : ऐसे में पेटेंट कार्यालय यह तय करेगा कि किसका दावा सच्चा है और किसने नवाचार पहले और स्वतंत्र रूप से किया है।

प्रश्न : क्या पेटेंट कार्यालय नवाचार को विकसित करने और बेचने में सहायता करता है?

उत्तर : नहीं। निर्देशों के अनुसार पेटेंट संबंधी विज्ञापन प्रकाशित होने तक पेटेंट कार्यालय के अधिकारी व कर्मचारियों को पूर्ण गोपनीयता बरतनी होती है।

प्रश्न : क्या पेटेंट आवेदन करने के पश्चात् नवाचार संबंधी अधिकार आंशिक या पूर्ण रूप से बेचा जा सकता है?

उत्तर : हाँ, नवाचारी अपने अधिकार आंशिक या पूर्ण रूप से बेच सकता है।

प्रश्न : यदि पेटेंट मिलने के बावजूद दूसरा व्यक्ति अनधिकृत रूप से नवाचार का प्रयोग करने लगे तो पेटेंट कार्यालय क्या करता है ?

उत्तर : अपने पेटेंट की सुरक्षा करना आपका काम है। पेटेंट कार्यालय सिर्फ पेटेंट देता है। यदि उसका उल्लंघन होता है तो पेटेंट संबंधी कार्यालय कुछ नहीं करता। यह आपका दायित्व है कि आप मुकदमा दायर करें।

प्रश्न : क्या वकील/एजेंट नवाचार संबंधी जानकारी दूसरे व्यक्ति को दे सकते हैं ? यदि वे ऐसा करें तो क्या किया जा सकता है ?

उत्तर : आमतौर पर पेशेवर वकील ऐसा नहीं करते हैं, क्योंकि ऐसा करने से उनकी बदनामी होती है और व्यवसाय भी चौपट हो जाता है। यदि कोई वकील ऐसा करता है तो संबंधित अधिकारियों से उसकी शिकायत की जा सकती है तथा उसकी प्रैक्टिस बंद कराई जा सकती है।

प्रश्न

1. क्या हर नवाचार का पेटेंट कराना आवश्यक है ?
2. पेटेंट कराने से नवाचारी को किस प्रकार का लाभ प्राप्त होता है ?
3. क्या सभी नवाचार पेटेंट हो सकते हैं ?
4. क्या नवाचारी को अपने उत्पाद के विषय में कोई लेख प्रकाशित करना एवं साक्षात्कार देना हानिकारक हो सकता है ?
5. क्या पेटेंट कार्यालय पेटेंट का उल्लंघन होने पर नवाचारी की कुछ मदद कर सकता है ?

□

14

मान, सम्मान एवं पुरस्कार

दुनिया के हर छोटे-बड़े समाज में जब कोई व्यक्ति समाज के हित में कोई नया एवं अच्छा कार्य करता है तो उसको समाज में भिन्न-भिन्न रूप में मान्यता प्राप्त होती है, जिससे वह समाज में अपनी एक अलग पहचान बनाता है। इस प्रकार की मान्यता उसको और अधिक अच्छे एवं नवीन कार्य करने के लिए प्रोत्साहित करती है।

प्रश्न : कृपया बताएँ कि हमारे देश में छोटे-छोटे एवं साधारण नवाचारियों को किस प्रकार से प्रोत्साहित किया जाता है ?

उत्तर : देश में सरकारी एवं गैर-सरकारी कुछ संस्थाएँ हैं, जो छोटे-छोटे नवाचारियों को अच्छे कार्यों के लिए प्रोत्साहित करती हैं; परंतु इन संस्थाओं की संख्या बहुत ही सीमित है। इसलिए छोटे-छोटे नवाचारियों को प्रोत्साहित करने के लिए लोगों को आगे आना चाहिए। नेशनल इनोवेशन फाउंडेशन (राष्ट्रीय नवाचार प्रतिष्ठान), इनोवेशन फोरम एवं सृष्टि इनोवेशंस आदि संस्थाएँ इस दिशा में कार्यशील हैं।

प्रश्न : क्या राज्य सरकारों ने छोटे-छोटे एवं साधारण नवाचारियों को मान-सम्मान देने के लिए कोई विशेष योजना बनाई है ?

उत्तर : सिर्फ छोटे-छोटे नवाचारियों के लिए अलग से सम्मान देने की कोई योजना किसी भी राज्य सरकार ने अभी तक नहीं बनाई है; परंतु राज्य सरकारों की सामान्य सम्मान एवं पुरस्कार योजना के अंतर्गत छोटे-छोटे नवाचारियों के कार्यों के मूल्यांकन के उपरांत उनको सम्मान एवं पुरस्कार के लिए चयनित किया जाता है। इस प्रकार की योजना न्यायसंगत नहीं है।

प्रश्न : क्या भारत सरकार या उसके मंत्रालयों ने भी छोटे-छोटे एवं साधारण नवाचारियों को मान-सम्मान देने के लिए कोई विशेष योजना बनाई है ?

उत्तर : भारत सरकार के किसी भी मंत्रालय ने अलग से छोटे-छोटे नवाचारियों को सम्मान एवं पुरस्कार द्वारा प्रोत्साहित करने की अभी तक कोई योजना नहीं बनाई है। उनका सामान्य योजनाओं के अंतर्गत ही चयन होता है, जो एक स्वस्थ परंपरा नहीं है।

प्रश्न : क्या उत्कृष्ट परंपरागत ज्ञान को मान्यता, सम्मान एवं पुरस्कृत करने के लिए भारत सरकार ने कोई योजना बनाई है ?

उत्तर : सन् 2000 में भारत सरकार ने नेशनल इनोवेशन फाउंडेशन की स्थापना की है, जो गाँवों, कस्बों, शहरी निर्धन बस्तियों के सृजनशील लोगों द्वारा किए गए तकनीकी नवाचारों एवं उत्कृष्ट परंपरागत ज्ञान देनेवाले व्यक्तियों को प्रत्येक वर्ष मान्यता व सम्मान देता तथा पुरस्कृत करता है। वास्तव में यह योजना छोटे-छोटे नवाचारियों के लिए उत्साहवर्धक है। सभी राज्य सरकारों को भी इस प्रकार के संगठन स्थापित करने की आवश्यकता है, जिससे वे प्रदेश में उत्कृष्ट कार्य करनेवाले नवाचारियों एवं परंपरागत ज्ञान

देनेवाले व्यक्तियों को उचित मान्यता, सम्मान एवं पुरस्कार देकर उनका उत्साहवर्धन कर सकें।

प्रश्न : क्या आप यह बताने की कृपा करेंगे कि सम्मान एवं पुरस्कार कब और कैसे मिलने चाहिए?

उत्तर : नवाचार का सही समय पर उचित मूल्यांकन होना चाहिए, जिससे सम्मान समय पर मिले और उचित मिले। सम्मान के साथ उचित नकद पुरस्कार राशि भी होनी चाहिए, तभी समाज के अन्य लोग—विशेष रूप से युवा वर्ग—जो आज विज्ञान से दूर भाग रहे हैं, उसकी ओर आकर्षित होंगे। सम्मानों एवं पुरस्कारों की शृंखला जिला स्तर से आरंभ होकर राष्ट्रीय स्तर तक होनी चाहिए, तभी छात्र एवं सामान्य जन नवाचार की प्रक्रिया से जुड़ पाएँगे।

प्रश्न : क्या बड़े-बड़े औद्योगिक संस्थानों ने भी इस दिशा में कोई योजना बनाई है?

उत्तर : अभी तक बड़े-बड़े औद्योगिक घरानों का ध्यान इस ओर नहीं गया है; परंतु वे अपने कारीगरों को उनके उत्कृष्ट नवाचारी कार्यों के लिए अवश्य ही भिन्न-भिन्न रूपों में प्रोत्साहित करते हैं एवं नकद पुरस्कार भी देते हैं। हाल ही में मेरिका इनोवेशन फाउंडेशन, मुंबई ने चार प्रकार के क्षेत्र, जैसे सामाजिक, व्यावसायिक, बिजनेस फॉर सोशल इनोवेशन और सार्वजनिक क्षेत्रों में नवाचारों के लिए पुरस्कार देने की योजना बनाई है, जिसके अंतर्गत प्रत्येक वर्ष 'इनोवेशन इंडिया अवार्ड्स' दिए जाते हैं।

प्रश्न : क्या सामाजिक संगठन एवं शिक्षण संस्थाएँ भी छोटे-छोटे नवाचारियों को सम्मान एवं पुरस्कार देकर उनको और अधिक उत्कृष्ट कार्यों के लिए प्रेरित करती हैं?

उत्तर : राष्ट्रीय स्तर पर किसी भी बड़े सामाजिक संगठन ने अभी

तक ऐसी योजना नहीं बनाई है; परंतु स्थानीय स्तर पर एकाध सामाजिक संगठन कभी-कभी नवाचारियों को सम्मानित एवं पुरस्कृत करते हैं। ऐसे सामाजिक संगठनों में रोटरी क्लब एवं भारत विकास परिषद् आदि प्रमुख हैं।

प्रश्न : क्या विदेशों में बड़े-बड़े औद्योगिक संगठन एवं सामाजिक व शिक्षण संस्थाएँ विद्यार्थियों और साधारण नवाचारियों को नवाचार करने के लिए प्रोत्साहित करती हैं? यदि हाँ, तो किस प्रकार?

उत्तर : मेरी जानकारी में अमेरिका में लगभग 34 छोटी एवं बड़ी गैर-सरकारी संस्थाएँ एवं संगठन हैं, जो अनेक प्रकार की योजनाओं द्वारा विद्यार्थियों एवं साधारण नवाचारियों को बहुत वर्षों से प्रोत्साहित कर रही हैं। प्रोत्साहित करने की भिन्न-भिन्न योजनाएँ हैं—नकद इनाम देना, प्रशस्ति-पत्र देना, अनुसंधान संस्थानों एवं साइंस म्यूजियम का मुफ्त भ्रमण कराना, छुट्टियों में विद्यार्थियों को शिविरों में आमंत्रित करके अनेक प्रकार की नवाचार गतिविधियों में भाग लेने के लिए प्रोत्साहित करना आदि। इस प्रकार के शिविरों का पूरा खर्चा संस्थाओं द्वारा वहन किया जाता है। इसी प्रकार के अनेक गैर-सरकारी संगठन एवं संस्थाएँ पश्चिमी देशों में पिछले अनेक वर्षों से कार्य कर रही हैं।

प्रश्न : हमारे देश में इस प्रकार की गतिविधियाँ क्यों नहीं आयोजित की जाती हैं?

उत्तर : अभी तक हमने नवाचार के आर्थिक एवं सामाजिक महत्त्व को नहीं पहचाना है, इसलिए हम इस क्षेत्र में पिछड़ गए हैं। पिछले दस वर्षों से इस क्षेत्र में कुछ

गतिविधियों द्वारा हलचल हुई है, जिसको तेजी से गति देने की आवश्यकता है।

प्रश्न

1. क्या मान, सम्मान एवं पुरस्कार से नवाचारी को प्रोत्साहन प्राप्त होता है ?
2. क्या मान, सम्मान एवं पुरस्कार समाज के दूसरे व्यक्तियों को भी प्रेरित करता है ?
3. क्या स्कूल एवं कॉलेज स्तर पर सफल नवाचारियों को पुरस्कृत करना उचित है ?
4. क्या स्थानीय औद्योगिक इकाइयों/सामाजिक संगठनों को सफल नवाचारी को सम्मानित करना उचित होगा ?
5. क्या तहसील, जिला, मंडल, प्रदेश एवं राष्ट्रीय स्तर पर नवाचारियों को प्रोत्साहित करने के लिए पुरस्कार योजना स्थापित होनी चाहिए ? किस प्रकार से बड़े-बड़े औद्योगिक संगठन एवं सामाजिक संस्थाएँ इस प्रकार की योजनाओं में भागीदारी निभा सकते हैं ?

□

15

नवाचारी : राष्ट्र के सर्वोच्च पद पर आसीन हुए

अच्छे और नए-नए कार्य करनेवाले नागरिकों को समाज में एक अलग स्थान प्राप्त होता है और समाज उनको भिन्न-भिन्न रूपों में आदर एवं सत्कार प्रदान करता है। प्रत्येक देश में वैज्ञानिकों, आविष्कारकों एवं नवाचारियों को उनकी योग्यतानुसार सरकारी विभागों एवं गैर-सरकारी संगठनों में पद दिए जाते हैं। ऐसे व्यक्तियों की उत्कृष्ट उपलब्धियों के कारण देश उनको वरिष्ठतम पदों पर भी सुशोभित करता है।

प्रश्न : कृपया बताने का कष्ट करें कि वर्तमान में हमारे देश के ऐसे कौन-कौन से वैज्ञानिकों एवं आविष्कारकों को उच्चतम पद एवं सम्मान प्राप्त हुए हैं ?

उत्तर : प्रो. यशपाल, डॉ. आर.ए. माशेलकर, डॉ. के. कस्तूरीरंगन, डॉ. एम.एस. स्वामीनाथन, डॉ. एम.जी.के. मेनन, डॉ. आर. चिदंबरम जैसे अनेक वैज्ञानिक हैं, जिनको भारत सरकार के भिन्न-भिन्न वैज्ञानिक विभागों के सचिव पद पर आसीन होने का गौरव प्राप्त है और साथ ही प्रत्येक को 'पद्म विभूषण' जैसे नागरिक सम्मान से पुरस्कृत होने का भी गौरव प्राप्त है।

प्रश्न : क्या किसी वैज्ञानिक एवं नवाचारी को देश का सर्वोच्च नागरिक सम्मान दिया गया है ?

उत्तर : डॉ. ए.पी.जे. अब्दुल कलाम एक प्रख्यात वैज्ञानिक होने के साथ-साथ एक महान् नवाचारी भी हैं। वे ही केवल एकमात्र ऐसे वैज्ञानिक एवं नवाचारी हैं, जिनकी असाधारण सेवाओं एवं उपलब्धियों के कारण वर्ष 1997 में भारत सरकार ने उन्हें 'भारत रत्न' के सर्वोच्च नागरिक सम्मान से अलंकृत किया।

प्रश्न : क्या किसी वैज्ञानिक, आविष्कारक एवं नवाचारी को देश का 'राष्ट्रपति' पद प्राप्त हुआ है ?

उत्तर : सन् 2002 में डॉ. ए.पी.जे. अब्दुल कलाम को राष्ट्रपति पद पर चुना गया। वे एक सफलतम और जनता के राष्ट्रपति के रूप में सदैव याद किए जाएँगे।

प्रश्न : कृपया डॉ. कलाम के द्वारा किए गए कुछ प्रमुख नवाचारों के बारे में बताने की कृपा करें ?

उत्तर : नवाचार के क्षेत्र में डॉ. कलाम ने अनगिनत महत्त्वपूर्ण कार्य किए हैं, जिनमें से सैटेलाइट के लिए बनाए गए कम भार के पदार्थ से विकलांगों के लिए कृत्रिम अंगों का सफल निर्माण तथा स्वास्थ्य के क्षेत्र में अत्यंत न्यूनतम मूल्य का 'कलाम-राजू' स्टेंट आदि उनके प्रमुख समाजोपयोगी नवाचार हैं।

प्रश्न : क्या विदेशों में आविष्कारकों एवं नवाचारियों को उनके देश के सर्वोच्च पद पर सुशोभित होने का अवसर प्राप्त हुआ है ?

उत्तर : लगभग 225 वर्ष पूर्व अमेरिका के प्रथम राष्ट्रपति जॉर्ज वाशिंगटन भी एक आविष्कारक एवं नवाचारी थे। उन्होंने

एक नए किस्म के हल का नवाचार किया था। उसके बाद उनके द्वारा किया गया दूसरा हल ऐसा था, जिसकी सहायता से जुताई के साथ-साथ बुआई भी की जा सकती थी। उन्होंने शराब की बोतलें रखने के लिए एक ऐसी टोकरी का आविष्कार किया था, जिसको खाने की मेज पर आसानी से घुमाया जा सकता था।

इसके अलावा, अब्राहम लिंकन अमेरिका के चर्चित एवं प्रगतिशील राष्ट्रपतियों में से एक माने जाते हैं। वे भी एक सफल नवाचारी थे। उन्हीं के गृह सचिव थॉमस जेफरसन, जो बाद में राष्ट्रपति बने, भी एक सफल आविष्कारक एवं नवाचारी थे।

प्रश्न : क्या कोई ऐसा वैज्ञानिक है, जिसने राष्ट्रपति पद को ठुकरा दिया हो?

उत्तर : जब इजराइल एक नया राष्ट्र बना तो बीसवीं सदी के महानतम वैज्ञानिक अल्बर्ट आइंस्टाइन, जिनसे सारा विश्व प्रभावित था, उनको इजराइल का राष्ट्रपति पद सुशोभित करने के लिए काफी प्रयत्न किया गया; परंतु उन्होंने विनम्रतापूर्वक उस पद को अस्वीकार कर दिया। वे तो पूर्ण रूप से अपनी वैज्ञानिक गतिविधियों में तल्लीन रहना चाहते थे, इसलिए उनको राष्ट्रपति पद में कोई दिलचस्पी नहीं थी। वास्तव में यह एक ऐसी मिसाल है, जिसको सदैव याद किया जाएगा।

प्रश्न

1. क्या आप अमेरिका के दो राष्ट्रपतियों के नाम बता सकते हैं, जिन्होंने सफल नवाचार किए?

2. डॉ. कलाम द्वारा किए गए दो प्रमुख नवाचारों के बारे में कुछ बता सकते हैं ? उनसे किस प्रकार के व्यक्तियों को लाभ हो रहा है ?
3. क्या संसार में कोई ऐसा वैज्ञानिक है, जिसने राष्ट्रपति पद को ठुकरा दिया हो ?
4. एक–दो भारतीय नवाचारी/वैज्ञानिकों के नाम बताएँ, जिन्होंने भारत सरकार के विभिन्न विभागों में उच्च पदों पर कार्य किए ?

□

16

नवाचारी : करोड़पति एवं लोकोपकारी बनें

आज के युग में आम विद्यार्थी यह समझते हैं कि वैज्ञानिक, आविष्कारक एवं नवाचारी की भूमिका केवल प्रयोगशालाओं में ही होती है; परंतु यह सत्य नहीं है। समाज के लिए उपयोगी कार्य करनेवाले वैज्ञानिकों, आविष्कारकों एवं नवाचारियों की प्रगति की कोई सीमा नहीं होती है। अनेक आविष्कारक एवं नवाचारी बहुत मामूली से आविष्कार एवं नवाचार से करोड़पति और अरबपति भी बने।

इतिहास साक्षी है कि ऐसे व्यक्ति, जो कभी विज्ञान के विद्यार्थी नहीं रहे, उन्होंने छोटे-छोटे आविष्कार एवं नवाचार करके लोगों की छोटी-छोटी जरूरतों को पूरा किया और अपार धन कमाया। उस धन का बड़ा हिस्सा उन्होंने शिक्षा एवं जन-कल्याण के कार्यों में लगाया और वे अमर हो गए।

प्रश्न : कृपया ऐसे कुछ नवाचारियों के नाम एवं काम के बारे में बताएँ, जो थोड़े ही समय में करोड़पति बन गए और उससे कमाए गए धन का लोकोपकारी कार्य में सदुपयोग किया ?

उत्तर : सबसे अधिक बड़े-बड़े एवं छोटे-छोटे नवाचार अमेरिका में ही हुए हैं; परंतु यहाँ कुछ छोटे-छोटे नवाचारी, जो करोड़पति बने, उन्हीं के बारे में बताना अधिक उपयोगी होगा।

1. सन् 1952 में अमेरिका की एक टाइपिस्ट बेटे नेस्मिथ ने टाइप

करने में होनेवाली गलतियों को मिटाकर ठीक करने के लिए सफेद नेल पॉलिश से मिलते-जुलते एक ऐसे पदार्थ का निर्माण किया, जिसकी माँग पूरे विश्व में होती गई, जो 'करेक्शन फ्लूड' के नाम से जाना गया। सन् 1976 में पूरे विश्व में उसकी 2.5 करोड़ बोतलें बिकीं। उस महिला की मृत्यु सन् 1979 में हो गई। उस समय उनकी उम्र केवल 55 वर्ष थी और वह अपने पीछे लगभग 5 करोड़ डॉलर की संपत्ति छोड़ गईं। उनकी वसीयत के अनुसार, इसका आधा भाग अर्थात् 2.5 करोड़ डॉलर उनके एकमात्र बेटे को मिला और शेष भाग 2.5 करोड़ डॉलर सामाजिक एवं धर्मार्थ कार्यों के लिए दिया गया।

2. सन् 1945 के दूसरे विश्व युद्ध की समाप्ति पर अमेरिकी नौसेना से अवकाश ग्रहण करके सैनिक एडवर्ड लावे ने लकड़ी के बुरादे का कारोबार आरंभ किया। लकड़ी का बुरादा तेल और ग्रीस को सोखने के काम आता था; पर चूँकि वह ज्वलनशील था, इसलिए उसने एक नया पदार्थ 'क्ले' विकसित किया, जो कारखानों में इस्तेमाल के मुकाबले बिल्लियों के दड़बों के लिए अधिक उपयोगी साबित हुआ, जिसका नाम उसने 'किटी लिटर' रखा, जो बिल्लियों के दड़बों में डालने के काम आने लगा। वह दड़बे का फर्श सूखा बनाए रखता था, इसलिए उसकी माँग प्रतिवर्ष बढ़ती गई और एडवर्ड लावे के उस छोटे से उत्पाद से अपार दौलत इकट्ठा हो गई। उसने मिशिगन स्टेट में 3 हजार एकड़ जमीन में छोटे उद्यमियों की सहायता के लिए एक प्रशिक्षण संस्था की स्थापना की, जिस पर उसने 3 करोड़ डॉलर से अधिक धनराशि खर्च की। लावे ने पुस्तकें भी लिखीं तथा व्यवसायियों के लिए

दिग्दर्शिका भी बनाई। मृत्यु से पूर्व सन् 1990 में उसने अपनी कंपनी को 20 करोड़ डॉलर में बेच दिया।

3. एक साधारण से मोटर मेकैनिक नाटे शेरमैन ने सन् 1940 में कार के पुरजों का व्यापार शुरू किया। उसने परतदार जंग-रहित 'मफलर' (साइलेंसर) तैयार किया। पॉलिश के उपरांत वह सोने की तरह चमकता था और धीरे-धीरे उसका व्यापार अमेरिका के अनेक शहरों में बढ़ता गया। सन् 1993 में उसकी बिक्री 100 करोड़ डॉलर तक पहुँच गई। बिक्री से प्राप्त धन से शेरमैन ने मिडास इंस्टीट्यूट ऑफ टेक्नोलॉजी (एम.आई.टी.) की स्थापना की। वह इजराइल का अभिन्न मित्र था। वह यहूदियों के कल्याण के लिए भारी धनराशि दान में देता था। वह इजराइल की तत्कालीन प्रधानमंत्री गोल्डा मायर का विश्वासपात्र तथा वित्तीय सलाहकार भी रहा।

4. सन् 1853 में 24 वर्षीय लेवी स्ट्रॉस, जो 6 वर्ष पूर्व अमेरिका आया था, ने मोटे कैनवास के कपड़े से पैंट बनाई, जो मजदूरों के लिए बहुत उपयोगी साबित हुई और आज वह पैंट 'जींस' के नाम से पूरे विश्व में प्रसिद्ध है। सन् 1880 तक कंपनी ने 24 लाख डॉलर का मुनाफा कमाया और उसने 18,000 कंपनी के शेयर अपने कर्मचारियों को मुफ्त में दिए। उत्साही कर्मचारियों ने काम को और अधिक तेजी से बढ़ाया। बढ़ते हुए व्यापार से उसका मुनाफा भी तेजी से बढ़ता गया। संपन्न एवं धनी स्ट्रॉस ने अनेक प्रकार के धार्मिक कार्यों में भी धन दान में दिया और कैलिफोर्निया विश्वविद्यालय में मूक-बधिरों के लिए छात्रवृत्ति आरंभ की। सन् 1902 में लेवी स्ट्रॉस के देहांत के बाद भी उसके उत्तराधिकारी धर्मार्थ कार्यों में

बढ़-चढ़कर धन का दान देते रहे।

प्रश्न : कृपया कुछ भारतीय नवाचारियों के बारे में बताएँ, जिन्होंने लोकोपकारी कार्यों को आगे बढ़ाने के लिए उनकी मदद की?

उत्तर : हाँ, भारत में ऐसे नवाचारी हुए हैं।

1. आजकल देश के बड़े-बड़े शहरों एवं कस्बों में डिब्बा बंद पिसे हुए मसालों का प्रचलन तेजी से बढ़ रहा है। इस प्रकार के नवीनीकरण की शुरुआत लगभग 50 वर्ष पूर्व महाशय धर्मपालजी के द्वारा की गई। धीरे-धीरे उनके मसालों का कारोबार और बढ़ता गया, जो आज 'एम.डी.एच.' मसालों के नाम से पूरे देश-विदेश में प्रचलित हैं और वे मसालों के शहंशाह के रूप में जाने जाते हैं। इस प्रकार महाशय धर्मपाल करोड़पति ही नहीं बने, बल्कि उन्होंने अकूत संपत्ति भी अर्जित की है। वे अनेक सामाजिक एवं धार्मिक संस्थाओं को प्रतिवर्ष लाखों रुपए दान के रूप में देते हैं और अनेक संस्थाओं के संरक्षक एवं अध्यक्ष भी हैं। उन्होंने दिल्ली में एक बहुत बड़े 300 बिस्तरों वाले माता चानन देवी अस्पताल की भी स्थापना की, जिसमें सभी प्रकार की आधुनिक सुविधाएँ एवं मशीनें उपलब्ध हैं, जिससे समाज के छोटे वर्ग के लोगों को लाभ प्राप्त हो रहा है। इसके अलावा, गरीबों की आर्थिक रूप से मदद करना उनकी आदत बन गई है। कोई भी गरीब उनके घर या कारखाने से खाली हाथ नहीं लौटता है। इसके अलावा, वे अपने उत्पादों का टी.वी. पर बहुत रोचक तरीके से स्वयं प्रचार व प्रसार करते हैं। देश में ऐसा कोई दूसरा करोड़पति मालिक नहीं है, जो स्वयं टी.वी. के माध्यम से अपने उत्पाद का प्रचार व प्रसार करता हो, जो अपने आप

में एक नवाचार है।

2. बहुराष्ट्रीय कंपनियों द्वारा निर्मित कपड़ा धोने के साबुन का मूल्य इतना अधिक होता था, जो साधारण एवं गरीब लोगों की पहुँच से बाहर था। इस आवश्यकता को ध्यान में रखते हुए लगभग 40 वर्ष पूर्व गुजरात के करसनभाई पटेल ने इस समस्या पर गहराई से विचार किया और 'निरमा' साबुन का नवाचार कर डाला, जिससे गरीबों को बड़ी राहत मिल रही है। आज इस साबुन का छोटे-छोटे गाँवों एवं कस्बों में प्रयोग तेजी से बढ़ रहा है। इस साबुन के निर्माता ने शिक्षा को बढ़ावा देने के उद्देश्य से गुजरात में एक बहुत बड़े विश्वविद्यालय की स्थापना करके एक सराहनीय कार्य किया है और अनेक सामाजिक संस्थाओं को आर्थिक सहायता दी है।

3. इस पुस्तक के लेखक लक्ष्मण प्रसाद ने पिछले 25 वर्षों में लगभग 20 नवाचार किए हैं, जिनमें से 12 नवाचारों का सफलतापूर्वक व्यवसायीकरण हुआ। व्यापार से मिलनेवाले आर्थिक लाभ से उन्होंने वर्ष 1995 में विकलांगों के लिए निःशुल्क कृत्रिम अंग देने के लिए अलीगढ़ नगर में एक विकलांग कल्याण केंद्र की स्थापना की। इसके अलावा, उन्होंने लखनऊ में एक मानसिक विकलांग विद्यालय की स्थापना में आर्थिक सहयोग दिया। ग्रामीण क्षेत्र के विद्यार्थियों के लिए एक आदर्श ग्रामीण शिक्षण संस्थान सी.बी. गुप्ता सरस्वती विद्यापीठ, सिंघारपुर की स्थापना में भी एक बहुत बड़ी आर्थिक राशि प्रदान की तथा समय-समय पर अनेक सामाजिक गतिविधियों को बढ़ावा देने के उद्देश्य से उनको भी आर्थिक सहायता प्रदान करते हैं। वर्ष 2000 से देश में इनोवेशन संस्कृति को बढ़ावा देने

के उद्देश्य से लक्ष्मण प्रसाद ने देश में 'राष्ट्रीय नवाचार दिवस' मनाने की पहल की है और यह दिवस प्रत्येक वर्ष 15 अक्तूबर को देश के अनेक स्कूल व कॉलेज, विश्वविद्यालय आदि में मनाया जा रहा है। इस कार्य के लिए वे कुछ स्कूल व कॉलेजों आदि को आर्थिक सहायता भी देते हैं। उन्हीं की प्रेरणा से विश्व के सबसे बड़े शिक्षण संस्थान 'सी.एम.एस.', लखनऊ के संस्थापक श्रीमती एवं डॉ. जगदीश गांधी के नेतृत्व में वर्ष 2006 से अंतरराष्ट्रीय स्तर पर प्रत्येक वर्ष 15 अक्तूबर को 'अंतरराष्ट्रीय नवाचार दिवस' बड़ी धूमधाम से मनाया जा रहा है, जिसमें अनेक देशों के हजारों विद्यार्थी बढ़-चढ़कर भाग लेते हैं।

लक्ष्मण प्रसाद ने नवाचार/आविष्कार विषयों पर 7 पुस्तकें प्रकाशित की हैं, जिनके माध्यम से देश में नवाचार आंदोलन को गति प्रदान हुई है। नवाचारविद् होने के नाते पिछले 15 वर्षों से वे नवाचार विषय के भिन्न-भिन्न पहलुओं पर देश के प्रतिष्ठित शिक्षण संस्थानों, जैसे आई.आई.एम., आई.आई.टी., इंजीनियरिंग एवं तकनीकी कॉलेज, अनेक स्नातकोत्तर कॉलेजों, विश्वविद्यालय, बड़े-बड़े नामी-गिरामी स्कूलों के विद्यार्थियों के सम्मुख व्याख्यान एवं उनसे वार्त्तालाप करते रहते हैं और इन संस्थाओं से किसी प्रकार का मानदेय स्वीकार नहीं करते हैं। उनके वार्त्तालाप से 1 लाख से अधिक छात्र लाभान्वित हुए हैं।

प्रश्न

1. क्या प्रत्येक सफल नवाचारी का करोड़पति बनना एक स्वप्न होता है?
2. क्या विदेश के एक-दो छोटे-छोटे सफल नवाचारियों के कार्य के

बारे में बता सकते हैं, जिससे वे करोड़पति बने ?

3. हमारे देश में छोटे-छोटे नवाचारियों की संख्या क्यों कम है और वे करोड़पति क्यों नहीं बन पाते ?
4. महाशय धर्मपाल किस प्रकार से एक सफल नवाचारी के साथ-साथ करोड़पति बने ?
5. किस विशेष उद्देश्य से डॉ. जगदीश गांधी ने 'अंतरराष्ट्रीय नवाचार दिवस' आयोजित करना आरंभ किया ? इससे उनकी संस्था को क्या लाभ मिल रहा है ?

□

17

सृजनात्मक विचारों का संग्रह

नवाचार प्रक्रिया में नए समाज के निर्माण में सचमुच सृजनात्मक विचारों की भूमिका अहम होती है। इसके बिना नए समाज का निर्माण संभव नहीं है। पूरे विश्व में तीव्र गति से तकनीकी परिवर्तन हो रहे हैं। इस युग का नारा है—'नवीनीकरण करो या नष्ट हो जाओ'। वास्तव में, भविष्य उन देशों का है, जो तकनीकी नवीनताओं की दौड़ में सफलतापूर्वक स्पर्धा कर सकते हैं। तकनीकी नवीनता न केवल देश के सामने उत्पन्न समस्याओं का समाधान कर सकती है, बल्कि आर्थिक विकास में कहीं अधिक महत्त्वपूर्ण योगदान कर सकती है। इसलिए देश में नए-नए सृजनात्मक विचारों की बहुत अधिक आवश्यकता है।

प्रश्न : किस प्रकार सृजनात्मक (रचनात्मक) विचार उत्पन्न होते हैं ?

उत्तर : सृजनात्मकता मनुष्य के अंदर से उपजती है और समाज के लाभ के लिए बाहर की ओर प्रवाहित होती है।

प्रश्न : क्या सृजनात्मक विचार किसी व्यक्ति विशेष या समूह के मस्तिष्क में उत्पन्न होता है ?

उत्तर : यह कहना सही नहीं होगा कि केवल पढ़े-लिखे या अनुभवी व्यक्तियों के दिमाग में सृजनशील विचार उपजते हैं। यह हर प्रकार के व्यक्ति, जैसे महिला एवं पुरुष, पढ़े-

लिखे एवं अनपढ़, बच्चे एवं युवक, नौजवान एवं वृद्ध, वैज्ञानिक एवं तकनीकी, विकलांग एवं साधारण व्यक्तियों के दिमाग में भी समय-समय पर आते रहते हैं। सामान्यत: कुछ समय के बाद वे विचार नष्ट हो जाते हैं या भुला दिए जाते हैं तथा इस प्रकार कुछ अच्छे विचारों को खो दिया जाता है, जिन्हें नवाचार में परिवर्तित कर सदुपयोग किया जा सकता था।

प्रश्न : क्या कोई ऐसा उपाय है, जिसके द्वारा अच्छे मौलिक एवं रचनात्मक विचारों का लंबे समय तक संग्रह किया जा सकता है?

उत्तर : यदि इनका कुशल एवं प्रभावी ढंग से संग्रह किया जाए तो ये नष्ट नहीं होंगे तथा देर-सबेर जनहित में कार्यान्वित भी किए जा सकते हैं। यह कार्य तभी संभव हो सकता है, जब सृजनात्मक विचारों के बैंकों की स्थापना की जाए।

प्रश्न : हमारे देश में अभी तक सृजनात्मक (रचनात्मक) विचारों के बैंकों की स्थापना क्यों नहीं हुई और यह विचार किसको, कब और कैसे आया?

उत्तर : देश में सृजनात्मक (रचनात्मक) विचारों के बैंक की स्थापना करने का विचार सर्वप्रथम इस पुस्तक के लेखक लक्ष्मण प्रसाद के दिमाग में आया, जब वे विश्व-विख्यात प्रबंधन संस्थान आई.आई.एम., अहमदाबाद में अक्तूबर 1999 में संस्था के विद्वान् शिक्षकों के सम्मुख नवाचार विषय पर अपना व्याख्यान दे रहे थे। सभी शिक्षक गण ने इस विचार का स्वागत ही नहीं किया, बल्कि इस प्रकार के बैंक की स्थापना का पुरजोर समर्थन भी किया।

प्रश्न : देश के महान् वैज्ञानिक, उच्च तकनीकी शिक्षण संस्थाओं के प्राध्यापक एवं निर्देशकों की इस विषय में क्या राय है?

उत्तर : देश के अनेक प्रख्यात वैज्ञानिक, जैसे मिसाइलमैन डॉ. ए.पी.जे. अब्दुल कलाम, प्रो. यशपाल, डॉ. आर.ए. माशेलकर, प्रो. वी. राममूर्ति, डॉ. के. कस्तूरीरंगन आदि और सभी इंडियन इंस्टीट्यूट ऑफ मैनेजमेंट एवं इंडियन इंस्टीट्यूट ऑफ टेक्नोलॉजी के अनेक वरिष्ठ प्राध्यापकों व निर्देशकों ने इस पहल का स्वागत किया है। इसके अलावा, अमेरिका में भारत के पूर्व राजदूत नरेश चंद्रा, जम्मू व कश्मीर के पूर्व राज्यपाल गिरीश चंद्र सक्सेना और भारत के पूर्व नियंत्रक एवं महालेखा परीक्षक ज्ञान प्रकाश आदि ने भी इसके समर्थन में अपनी राय प्रकट की है।

प्रश्न : कृपया बताने का कष्ट करें कि इस प्रकार के बैंक की स्थापना से किस प्रकार के व्यक्तियों को विशेष रूप से लाभ होगा?

उत्तर : यह प्रश्न वास्तव में बहुत ही महत्त्वपूर्ण है। यह देखा गया है कि कुछ लोगों के पास बहुत अच्छे मौलिक एवं रचनात्मक विचार होते हैं, लेकिन वे उसे नवाचार में परिवर्तित नहीं कर पाते हैं, क्योंकि उनके पास आवश्यक कुशलता या आधारभूत ढाँचागत सुविधा या तकनीकी समर्थन/सहायता की उपलब्धता नहीं होती। इसलिए ऐसे कुछ अच्छे विचार गैर-प्रयुक्त रह जाते हैं। यह भी देखा गया है कि कुछ प्रतिभाशाली लोगों के पास विचारों को खोज में परिवर्तित करने की क्षमता होती है; लेकिन दुर्भाग्यवश कभी-कभी वे अपनी दक्षता एवं नई तकनीकी उपयोग के लिए आवश्यक रचनात्मक विचारों के लिए संघर्ष करते दिखाई पड़ते हैं। इसलिए यह अनुभव किया जाता है कि ऐसी एजेंसी की स्थापना हो, जो विभिन्न

लोगों एवं देश के विभिन्न भागों से विचारों को एकत्रित कर एक स्थान पर जमा कर सके। लोग, जिन्हें नई खोज के लिए रचनात्मक विचारों की आवश्यकता होती है, वे उक्त एजेंसी से विचार प्राप्त कर सकते हैं।

प्रश्न : क्या आप बताने की कृपा करेंगे कि प्रस्तावित बैंक का प्रमुख उद्‌देश्य क्या होगा और किस प्रकार यह कार्य कर सकेगा?

उत्तर : **प्रस्तावित बैंक का प्रमुख उद्‌देश्य**— इस प्रकार का बैंक आम आदमी के मन में नवाचारी मनोवृत्ति तो उत्पन्न करेगा ही, नवीनीकरण के द्वारा देश की तमाम समस्याओं का हल भी निकालने में अपनी महत्त्वपूर्ण भूमिका निभाएगा।

प्रस्तावित बैंक इस प्रकार कार्य कर सकेगा–

1. यह देश के विभिन्न भागों से सृजनात्मक विचार आमंत्रित करेगा और आवश्यक जाँच के पश्चात् उपयोगी तथा कार्यान्वयन योग्य विचारों को दर्ज करेगा।
2. यह उन विचारों को उचित क्रम में वर्गीकृत करके उनका संग्रह करेगा।
3. उन विचारों को इच्छुक व्यक्तियों या संगठनों को सौंपा जाएगा, ताकि उनका कार्यान्वयन किया जा सके।
4. यह उन सक्षम व्यक्तियों और संगठनों की पहचान भी करेगा, जो उन विचारों को उपयोगी उत्पाद में बदल सकें।
5. यह तरह-तरह के प्रचार अभियानों द्वारा सृजनात्मक विचारों की उत्पत्ति के लिए अनुकूल वातावरण तैयार करेगा।
6. यह बैंक इस दिशा में अन्य आवश्यक कार्य भी करेगा।

प्रश्न : इस प्रकार के प्रस्तावित बैंक के गठन में किस प्रकार की

सावधानियाँ बरतने की आवश्यकता है ?

उत्तर : एक बार बैंक के गठन के बाद उसका कार्यक्षेत्र आगे बढ़ाया जा सकता है। यहाँ एक बात ध्यान देने योग्य है कि सृजनात्मक विचार देने-लेने में उचित गोपनीयता का निर्वाह भी किया जाए। इसके साथ ही आकर्षक विचार प्रदान करनेवाले को सम्मान व वित्तीय पुरस्कार भी दिए जाने चाहिए। यदि उसका विचार कार्यान्वित हो जाए तो होनेवाले लाभ का हिस्सा भी उसे मिलना चाहिए। इसके अलावा, जो इन विचारों का कार्यान्वयन करे, उसे आवश्यक तकनीकी व आर्थिक सहायता भी दी जानी चाहिए। यदि विचार लेनेवाले व्यक्ति/संगठन का बैंक के साथ इस प्रकार का अनुबंध हो जाए कि जब विचार आधारित उत्पाद व्यावसायिक रूप से सफल हो जाए तो लाभांश बैंक को भी मिले, तो इस बैंक का महत्त्व और बढ़ेगा।

प्रश्न : बैंक को सुचारु रूप से चलाने के लिए किस प्रकार के व्यक्तियों की आवश्यकता होगी ?

उत्तर : इसको सुचारु रूप से चलाने के लिए बैंक में उच्च स्तर के तकनीकी ज्ञान व योग्यतावाले व्यक्तियों की आवश्यकता होगी। साथ ही उच्च स्तर की ईमानदारी की भी आवश्यकता होगी। इस प्रकार का बैंक कोई व्यक्ति विशेष प्रारंभ नहीं कर सकता। यह कार्य कोई सक्षम संगठन/सरकार ही कर सकती है, जिसके पास आर्थिक क्षमता और वैधानिक अधिकार भी हों।

प्रश्न : क्या यह विचार सनकी नहीं है ?

उत्तर : नहीं, बैंक का विचार आज बेशक कल्पना की वस्तु लगे, पर वह दिन दूर नहीं, जब विभिन्न देशों में इस प्रकार के

बैंक न सिर्फ अस्तित्व में आएँगे, वरन् विभिन्न चुनौतियों का सामना करने में प्रभावी भूमिका भी निभाएँगे। इस विषय में बताना चाहूँगा कि कुछ औद्योगिक घराने, जैसे 'टाइम्स ऑफ इंडिया' ने हाल ही में समाचार-पत्रों में विज्ञापन देकर उद्योग से संबंधित रचनात्मक विचारों को आमंत्रित किया है और उपयोगी विचारों को नकद इनाम देने की भी घोषणा की है। इसी प्रकार सिंगापुर की एक सामाजिक संस्था ने भी अखबारों के माध्यम से सामाजिक सृजनात्मक विचारों को एकत्रित करने का बीड़ा उठाया है और उपयोगी विचार देनेवालों को सम्मानित करने की घोषणा भी की है।

यह हमारे देश का दुर्भाग्य है और हमारी मानसिकता बन गई है कि हम अपने देश में मौलिक विचारों/उपकरणों को तब तक मान्यता प्रदान नहीं करते, जब तक कि पश्चिमी देशों में उसको स्वीकार्यता न प्राप्त हो जाए।

प्रश्न : क्या अभी तक किसी व्यक्ति या संस्था ने केवल विद्यार्थियों की नवाचारी सोच तथा रचनात्मक विचारों को बढ़ावा देने के उद्देश्य से कोई योजना बनाई है ?

उत्तर : हाँ, इस पुस्तक के लेखक ने लगभग 6 वर्ष पूर्व एक योजना बनाई थी और इस कार्य के लिए एक संस्था स्थापित करने पर गहराई से विचार किया था और अपने अनेक मित्रों एवं सहयोगियों, जिनमें विश्वविद्यालय के कुछ अवकाश-प्राप्त प्राध्यापक, वैज्ञानिक, अवकाश-प्राप्त इंजीनियर्स से इस विषय में विस्तृत चर्चा भी की थी, जिसके फलस्वरूप इस दिशा में एक गैर-राजनीतिक, धर्मनिरपेक्ष, खुले विचारोंवाली संस्था 'भारतीय ज्ञान-विज्ञान निधि' की स्थापना पर गंभीरता से विचार हुआ,

जिसके अंतर्गत देश के विद्यार्थियों की नवाचारी सोच तथा रचनात्मक विचारों का संग्रह करने की एक कारगर योजना बनाई; परंतु दुर्भाग्यवश मुख्य रूप से भारत सरकार एवं राज्य सरकारों की उदासीनता के कारण इस योजना का कार्यान्वयन न हो सका। विशेष रूप से इस योजना की सफलता भारत सरकार एवं राज्य सरकारों के सहयोग के बिना संभव नहीं है। इस योजना की रूपरेखा कुछ पत्रिकाओं में प्रकाशित हुई थी, जिसका वर्णन परिशिष्ट-3 में उल्लिखित है।

प्रश्न : जब तक राष्ट्रीय स्तर पर योजना नहीं बनती तो क्या स्कूलों एवं कॉलेजों में अनौपचारिक रूप से स्वयं रचनात्मक विचारों का संग्रह करना लाभप्रद होगा?

उत्तर : हाँ, अवश्य ही। मेरा सुझाव है कि प्रत्येक स्कूल एवं कॉलेज में रचनात्मक विचारों के बैंक की स्थापना की शुरुआत की जाए। कोई भी विद्यार्थी, शिक्षक, कर्मचारी अपने रचनात्मक विचार एक रजिस्टर में दर्ज कर सकता है या इस कार्य के लिए रखे गए एक विशेष बॉक्स में जब चाहे, तब अपने रचनात्मक विचारों को लिखकर डाल सकता है। इससे अवश्य ही स्कूल/समाज को लाभ होगा, ऐसा मेरा मानना है।

प्रश्न

1. क्या सकारात्मक विचारों की भूमिका राष्ट्र-निर्माण में लाभप्रद होती है?
2. क्या कुछ ऐसे महान् वैज्ञानिकों का नाम बता सकते हैं, जो सकारात्मक विचारों के बैंक की स्थापना के प्रस्ताव का समर्थन करते हैं?
3. सकारात्मक विचारों के बैंक से किस प्रकार के व्यक्तियों को विशेष

रूप से लाभ प्राप्त होगा ?

4. क्या विद्यार्थी, शिक्षक एवं कर्मचारीगण द्वारा दिए गए नवाचारी विचार समाज में नवाचारी संस्कृति का विकास करने में सहायक सिद्ध हो सकते हैं ?
5. क्या आज का सनकी-सा लगनेवाला विचार कल वास्तविकता बन सकता है ?

□

18

छात्र-छात्राओं एवं युवाओं से आह्वान

वैसे तो नवाचार जीवन के प्रत्येक पल से जुड़ी हुई प्रक्रिया है। किसी क्षण व्यक्ति के मन-मस्तिष्क में कोई ऐसा नया विचार जन्म लेता है, जो आगे चलकर समाज को समृद्ध और जीवन-स्तर को सुगम बनाने के लिए उपयोगी सिद्ध होता है; परंतु भारत की आधुनिक आवश्यकताओं को देखते हुए आज नवाचार को न केवल गति प्रदान करने की जरूरत है, बल्कि नवाचारी प्रतिभाओं को प्रारंभ से ही पोषित कर उन्हें हर स्तर पर सहायता देने की आवश्यकता है। इसके अलावा, नवाचारी विषय को पाठ्यक्रम में शामिल करने की भी जरूरत है, जिससे नवाचारी को स्कूल स्तर पर प्रोत्साहित एवं समृद्धिकृत किया जा सके। आज विश्व में यह स्वीकार किया जाने लगा है कि वास्तव में नवाचार एक दक्षता है, जिसको कला की तरह विकसित किया जा सकता है।

नवाचार के सफल व्यापारीकरण से वैभव, सम्मान, यश की ही प्राप्ति नहीं होती है, वरन् यह धन का स्रोत भी बन जाता है, जिससे आर्थिक प्रगति का मार्ग प्रशस्त होता है। इसलिए हमारी कोशिश होनी चाहिए कि हमारे छात्र-छात्राओं एवं युवाओं में नवाचार के प्रति ऐसी ललक पैदा हो, जिससे वे सफल नवाचारी बन सकें।

इस विषय में हमारा स्पष्ट लक्ष्य होना चाहिए कि सृजनशीलता हमारा स्वभाव बने, रचनात्मकता हमारी आदत बने; उत्सुकता के बीज हर दिन, हर पल अंकुरित होते रहें और इनके आधार पर नवाचार हमारा व्यवहार बन जाए

तथा नवाचारी गतिविधियों का समृद्धीकरण हम सभी का लक्ष्य और संकल्प बन जाए। हम सब मिलकर ऐसी कामना करें।

अगर हमारे युवाओं के मन में कुछ नया करने की ललक है या कोई नया उत्पाद, उपकरण या प्रक्रिया विकसित करना चाहते हैं और एक सफल नवाचारी भी बनना चाहते हैं तो उनको एक नया रास्ता चुनना होगा, जो आसान नहीं, बल्कि मुश्किलों से भरा होगा; पर वह उन्हें उनके लक्ष्य की ओर ले जाएगा। यह नया रास्ता बेचैनी, आकांक्षाओं और एक किस्म के पागलपन से परिपूर्ण होगा; पर यह एक सुखद लक्ष्य-प्राप्ति की ओर अग्रसर करेगा, इसलिए उनको अपने अंदर—

बेचैनी का बीज लगाना होगा,
आकांक्षा की खाद डालनी होगी,
दीवानगी का पानी देना होगा।

यह काम सरल और आनंददायक तो नहीं है, पर नवाचारी को अपने स्वप्न एवं लक्ष्य की प्राप्ति के लिए संघर्ष तो करना ही होगा। सफलता के लिए कोई छोटा रास्ता चुन पाना संभव नहीं है। इस डगर में अनेक खतरों से भी जूझना पड़ सकता है।

प्रश्न

1. क्या हमारे देश में प्रतिभाओं की कमी है? उनको किस प्रकार से खोजा जाए और पोषित किया जाए, जिससे वे आगे चलकर एक सफल नवाचारी बनें?
2. क्या नवाचारी विषय को स्कूलों के पाठ्यक्रम में शामिल करना छात्रों के लिए लाभप्रद होगा?
3. क्या नवाचार एक दक्षता है, जिसको कला की तरह विकसित किया जा सकता है?
4. एक सफल नवाचारी का स्पष्ट लक्ष्य किस प्रकार का होना चाहिए?
5. क्या नवाचारी का रास्ता सरल एवं सहज होता है? यदि नहीं, तो उसको किस-किस प्रकार की मुश्किलों का सामना करना पड़ता है?

6. नवाचारी को अपने लक्ष्य की प्राप्ति के लिए किस प्रकार का संघर्ष करना पड़ता है ?

जो लोग अपने विचारों को निरंतर चिंतन द्वारा उत्कृष्ट बनाते हैं और उन पर अडिग रहते हैं, वे अपने लक्ष्य को अवश्य हासिल करते हैं।

—एन्निए एन्नियांग ऐदुबै एन्निअर

तिन्निएर आहप पेरिन

तिरुक्कुरल 200 ई.पू. 666

बदलती आवश्यकताएँ

आवश्यकता आविष्कार की जननी कहलाती है। अतः समय के साथ आवश्यकताओं का स्वरूप भी बदलता है। उन्नीसवीं सदी में यूरोप में यातायात बहुत बढ़ गया था। सड़कों पर तमाम घोड़ागाड़ियाँ चलती थीं और घोड़ों के हिनहिनाने से भारी शोर होता था। घोड़ों की लीद से उत्पन्न गंदगी व प्रदूषण से लोग त्रस्त थे। इस कारण आविष्कारकों को प्रेरणा मिली और उन्होंने मोटरगाड़ियों का आविष्कार किया।

आज दुनिया मोटरगाड़ियों से उत्पन्न शोर व प्रदूषण से त्रस्त है और आविष्कारक उनसे निजात पाने के लिए तरह-तरह के उपाय कर रहे हैं।

कर्ज से मुक्ति

वाल्टर हंट एक अच्छे आविष्कारक थे, पर अपनी आदतों के कारण कर्ज के चंगुल में फँस जाते थे।

एक बार उन्हें एक व्यक्ति के 15 डॉलर वापस करने थे। उनके पास फूटी कौड़ी नहीं थी; पर वह व्यक्ति जानता था कि वाल्टर हंट का दिमाग आविष्कारी है। उसने उन्हें तार का एक टुकड़ा दिया और कहा कि यदि वे इससे कोई उपयोगी वस्तु बना देंगे तो वह उन्हें 400 डॉलर दे देगा।

वाल्टर हंट उस तार को तीन घंटे तक तोड़ते-मरोड़ते रहे और उसके बाद उन्होंने उससे एक आविष्कार कर डाला, जिसका परिष्कृत रूप आज 'सेफ्टी पिन' कहलाता है।

1,093 पेटेंट हासिल करनेवाले थॉमस अल्वा एडीसन को प्रयोगों का शौक बचपन से ही था। उन्होंने देखा कि चिड़ियाँ आसमान में उड़ती हैं और वे कीड़े-मकोड़े व मक्खियाँ खाती हैं।

बालक एडीसन ने सोचा कि यदि मनुष्य भी कीड़े-मकोड़े, मक्खी-मच्छर खाने लगे तो वह भी हवा में उड़ सकेगा। उसने अपनी हमउम्र नौकरानी को तमाम कीड़े-मकोड़े खिला दिए और उसे उड़ने के लिए प्रेरित करने लगा।

बेचारी नौकरानी हवा में उड़ना तो दूर, मारे दर्द के जमीन पर गिरकर छटपटाने लगी। बड़ी मुश्किल से उसकी जान बच पाई।

रेलवे सिग्नल

जब रेलें चलने लगीं तो उन्हें सिग्नल देने की आवश्यकता महसूस हुई। सिग्नल देना बड़ा कष्टप्रद काम माना जाता था, क्योंकि सिग्नलमैन अपनी कोठरी से निकलकर सिग्नल के खंभे पर चढ़ता था और फिर उस सिग्नल को गिराता था।

उन्नीसवीं सदी के मध्य के फ्रांस में नई-नई रेल लाइन बिछाई गई। तभी एक आलसी, पर दिमाग से तेज सिग्नलमैन की वहाँ नियुक्ति हुई। उसे यह काम बड़ा बेकार लगता था। एक दिन उसने आसान तरीका निकालने के लिए सिग्नल के खंभे पर वजन लटका दिया। इसके बाद उसने उसमें एक रस्सी बाँधी। रस्सी इस तरह बाँधी कि जब गिराना हो तो रस्सी खींच दो। जब सिग्नल सीधा रखना हो तो रस्सी ढीली छोड़ दो।

अब वह कमरे में बैठा-बैठा ही रस्सी खींचकर और फिर छोड़कर सिग्नल देता था। जब उसके अधिकारियों ने यह देखा तो उन्होंने तारीफ की और सिग्नलिंग का यह तरीका काफी दिनों तक काम आया।

पेपर क्लिप

दफ्तरों में आम तौर पर उपयोग में आनेवाली पेपर क्लिप का आविष्कार भी अनायास ही हुआ। एक बार एक अमेरिकी युवक वाशिंगटन में खड़ा बस का इंतजार कर रहा था। उसे एक तार पड़ा हुआ दिख गया। चूँकि उसे और कोई काम नहीं था, वह उस तार को मोड़ने-घुमाने लगा। अपनी उँगली के चारों ओर लपेटकर उसने देखा कि उँगली उसमें फँस गई है।

अचानक उसके मस्तिष्क में विचार आया कि इस प्रकार अगर क्लिप बनाई जाए तो कागजों को उसमें फँसाया जा सकता है और ऐसी क्लिप बहुत उपयोगी साबित होगी। इस तरह क्लिप का आविष्कार हो गया।

इस प्रकार प्रयास से कई बार अनायास समाधान निकल आते हैं। अत: आविष्कार करते-करते सतर्क रहना चाहिए।

"नवाचार एक ऐसा सफर है, जो सदैव आगे बढ़ता रहेगा और कभी भी समाप्त होनेवाला नहीं है। दूसरे शब्दों में, यह एक ऐसी यात्रा है, जिसका कोई अंत नहीं है।"

—विज्ञान-रत्न लक्ष्मण प्रसाद

"अध्ययन से सृजनात्मकता आती है। सृजनात्मकता विचारों को आगे बढ़ाती है। विचारों से ज्ञानवर्धन होता है और ज्ञान आपको महान् बनाता है।"

—डॉ. ए.पी.जे. अब्दुल कलाम

"हमारे देश के सौ करोड़ प्रज्वलित मस्तिष्कों की शक्ति इस धरती के नीचे, धरती के ऊपर और धरती पर स्थित संसाधनों की शक्ति से अपेक्षाकृत कहीं ज्यादा शक्तिशाली है।"

—डॉ. ए.पी.जे. अब्दुल कलाम

"नवाचारी केवल प्रयोगशालाओं में ही नहीं पाए जाते, बल्कि लाखों की संख्या में गाँवों, गली, कूचों और घरों में भी पाए जाते हैं। उनको प्रोत्साहित करने, पोषित करने और मार्गदर्शन की आवश्यकता है।"

—डॉ. आर.ए. माशेलकर

"सृजनात्मक विचार बहुत से परमाणु बमों से अधिक शक्तिशाली होते हैं। वे अनेक सुपर कंप्यूटरों से ज्यादा उत्कृष्ट होते हैं तथा उनकी गति बहुत से सुपर सोनिक हवाई जहाजों की गति से भी अधिक होती है।"

—विज्ञान-रत्न लक्ष्मण प्रसाद

"एक देश केवल कुछ लोगों के महान् होने से महान् नहीं होता, बल्कि इसलिए महान् होता है कि उस देश में हर कोई महान् होता है।"

—डॉ. ए.पी.जे. अब्दुल कलाम

"भारत एक विकसित राष्ट्र तभी बनेगा, जब प्रत्येक महिला और पुरुष अपनी बेहतरीन योग्यताओं और क्षमताओं के साथ योगदान देंगे।"

—डॉ. ए.पी.जे. अब्दुल कलाम

सृजनशीलता

"बनी-बनाई लकीर पर चलनेवाले लोग जीवन में कुछ नया या खास शायद ही कर पाते हैं। सृजनशीलता हमें सिखाती है कि हम किसी कार्य को और अच्छे ढंग से तथा कम समय में कैसे कर सकते हैं। इससे हमें अपने संसाधनों से बेहतर इस्तेमाल करने में मदद मिलती है। अध्ययन, अवलोकन एवं लोगों के साथ विचार-विमर्श हमारी सृजनशीलता को निखारता है, हमारे नजरिए को व्यापक बनाता है और हमें सफलता के करीब लाता है। साथ ही सीखने का अवसर हमें स्कूल, कॉलेज और इसके बाहर भी मिलता है; लेकिन इस अवसर का लाभ सभी लोग समान तरीके से नहीं उठा पाते।

कुछ लोग हमेशा नई चीजें सीखकर अपने ज्ञान एवं अनुभव के भंडार में वृद्धि करने को उद्यत रहते हैं। इस ज्ञान एवं अनुभव का उनकी सफलता में महत्त्वपूर्ण योगदान हो सकता है। अगर हम ज्यादा जानकार हैं और हमारे अनुभवों का दायरा विस्तृत है तो समाज में हमारी स्वीकार्यता ज्यादा होगी। यह सफलता दिलाने में सहायक होती है।

सृजनशीलता किसी की धरोहर नहीं है। कोशिश करें, आप भी सृजनशीलता विकसित कर सकते हैं।"

—विज्ञान-रत्न लक्ष्मण प्रसाद

नवोन्मेष के बिना ज्ञान की कोई उपयोगिता नहीं है। नवोन्मेष की प्रक्रिया के माध्यम से ही ज्ञान को समृद्धि एवं जन-कल्याण में परिवर्तित किया जाता है। नवोन्मेष के लिए कुछ भी असंभव नहीं होता। नवोन्मेषक वही देखते हैं, जो सब देखते हैं; किंतु उनकी सोच दूसरों से भिन्न होती है। सच्चे नवोन्मेषक यथा पूर्व स्थिति को स्वीकार नहीं करते और वे प्रेरणाओं को समाधानों में और विचारों को कार्यों में परिवर्तित कर देते हैं। ऐसे नवोन्मेषक तैयार करने के लिए जीवन और कार्य के प्रति सर्वव्यापी मानस परिवर्तन की अपेक्षा रहेगी—निष्क्रियता की संस्कृति को सक्रियता की संस्कृति में, निरर्थकता की संस्कृति को विचारोत्तेजकता एवं कार्य की संस्कृति में, आत्म-संशय को आत्मविश्वास में और निराशा को आशा में बदलना होगा। भारतीय सृजनात्मकता और नवोन्मेष की भावना को आज उसी भावना और उसी स्तर पर राष्ट्रीय आंदोलन में बदलने की आवश्यकता है, जिस भावना के साथ राष्ट्रीय आंदोलन संचालित किया गया था। इंडिया में 'आई' का अर्थ इनोवेशन होना चाहिए।

—डॉ. आर.ए. माशेलकर

महानिदेशक,

वैज्ञानिक एवं औद्योगिक अनुसंधान परिषद्

□

परिशिष्ट–1

छात्र व छात्राओं के कुछ सकारात्मक विचार

(Creative Ideas)

युवा मस्तिष्कों में अंकुरित होते हुए नए–नए एवं नवीन विचारों का यह संकलन अवश्य ही हमारे युवा पाठकों को प्रोत्साहित करेगा। वे भी इस दिशा में अग्रसर होकर अपने रचनात्मक विचारों का भंडार स्थापित करने में सफल होंगे, जो भविष्य में नए–नए नवाचारों को जन्म देगा।

सकारात्मक विचार

मैं ऐसी हाईटेक स्कूल बस चाहती हूँ, जो मेरे बस–स्टॉप पर पहुँचने से पहले मुझे अलर्ट सिग्नल दे दे। इस तरह मेरी बस नहीं छूट पाएगी।

—पल्लवी, कक्षा–9

रक्त की जाँच के लिए त्वचा छेदने की आवश्यकता क्यों है ? मैं एक ऐसा रक्त जाँचने का सिस्टम बनाना चाहती हूँ, जिसमें त्वचा की स्केनिंग करके या त्वचा से निकलनेवाले तत्त्वों का परीक्षण कर जाँच हो जाए।

—सृष्टि मदान, कक्षा–4

मैं चाहता हूँ कि किसी व्यक्ति का मोबाइल उसे उसकी चाल–ढाल से पहचान ले। जैसे हरेक का चलने का ढंग अलग होता है तो सॉफ्टवेयर व्यक्ति की शारीरिक हरकतों, जो पहले से स्टोर हो गई हों, पर आधारित सिग्नल से

पहचान तय कर लेगा। यदि मोबाइल को पहले से अलग शारीरिक हरकतोंवाले सिग्नल मिले तो वह लॉक हो जाएगा और इसके स्थान के बारे में पहले से डाले गए एक नंबर पर संदेश भेज देगा। इस सिस्टम में ऐसा विकल्प भी होगा कि आपातकालीन स्थिति में जो असली उपयोगकर्ता है, वह इसे अनलॉक कर सके।

—**अनुराग राठौर**, कक्षा-9

मैं एक ऐसी अलार्म घड़ी चाहता हूँ, जो मुझे वैसे ही जगाए जैसे मेरी दादी मुझे जगाती है।

—**अभय**, कक्षा-4

हमारे पास ऐसे अखबार क्यों नहीं हो सकते, जिनके साथ निरक्षर लोगों के लिए, जो कि पढ़ नहीं सकते, वीडियो और ऑडियो क्लिप हों।

—**प्रशांत**, कक्षा-7

क्यों न एक ऐसा उपकरण हो, जो इनसानों में दर्द की तीव्रता को नाप ले! इससे दर्द-निवारक की एकदम सटीक खुराक देने में डॉक्टर को सहायता मिलेगी और दवा के दुष्प्रभाव कम-से-कम हो जाएँगे।

—**सुखमन दीप कौर**, कक्षा-4

मैं चाहती हूँ कि मेरी गुल्लक के साथ जाँचने और किसी भी चोरी से बचने के लिए तराजू और अलार्म भी लगा हो।

—**गुरसिमरत कौर**, कक्षा-4

मैं अपने चश्मे में ऐसे सोलर सेल और लाइट बल्ब चाहती हूँ, जो दिन में चार्ज हो जाएँ और रात को रोशनी दें।

—**दीपांजलि**, कक्षा-7

हम चाहते हैं कि हमारे बैग के साथ छूते ही पता लग जानेवाली व्यवस्था (टच सेंसिटिविटी) हो, जिससे कोई भी अन्य खोलने की कोशिश करे तो वह अलार्म दे दे।

—**मनमीत** और **आस्था**, कक्षा-4 एवं कक्षा-7

भुनी मूँगफली का पेस्ट पीनट बटर का उपयोग बालों में चिपक गई चुइंगगम को छुड़ाने में किया जा सकता है।

—**आयुष यादव**, कक्षा-11,
एस.आर.एम., अरावली

कान के झुमके में फोन : जब भी आप झुमका-इयररिंग पहनें तो आप इसको दबाकर अपने दोस्तों से बात कर सकते हैं।

—**विन्नी**, कक्षा-5
वाइटमोर हाई स्कूल, ब्रिटेन

ट्रैफिक सिग्नलों पर लेजर कैमरे लगा देने चाहिए। इससे जब कभी कोई वाहन सिग्नल तोड़े हैं तो कैमरे उस वाहन की नंबर प्लेट की फोटो ले लें और पुलिस स्टेशन को उसकी सूचना चली जाए।

—**सिद्धार्थ दयाल** और **सिद्धांत वासीन**
कक्षा-6, श्रीराम स्कूल, अरावली

एक ऐसी कम आकार होनेवाली कार हो, जो जरूरत के अनुसार पतली या स्वाभाविक आकार में आ जाए, जैसे यदि कार में सिर्फ ड्राइवर हो तो पीछे की तरफ से दब जाए। इससे कार कम स्थान घेरेगी और इससे पार्किंग की समस्या भी कम होगी।

—**गायत्री गंभीर**, कक्षा-10
एस.आर.एम., अरावली

यदि कोई आपकी कार या आपका घर जबरदस्ती खोलने की कोशिश कर रहा हो तो एक ऐसी व्यवस्था हो, जिसमें इस स्थिति में तुरंत आपके मोबाइल पर एक एस.एम.एस. आ जाए। यदि चोर अपनी करनी में सफल होता है तो तुरंत वॉयस मेल आ जाए।

—**ईशान दीक्षित**, कक्षा-6
एस.आर.एम., अरावली

प्रत्येक कूड़े के डिब्बे में प्लास्टिक सेंसर लगा होना चाहिए, जो प्लास्टिक

की मात्रा का पता लगा दे। जो परिवार एक निश्चित मात्रा से अधिक प्लास्टिक को कूड़े में डालेगा, उसे एक पूरे सप्ताह तक घरों के आस-पास की सफाई करनी होगी।

—**सतानिक पाल**, कक्षा-12

ला मार्टिनियेर फॉर बॉयज, कोलकाता

सभी वाहनों के एक्जहोस्ट पाइप में ऐसा उपकरण लगा देना चाहिए कि यदि कोई वाहन हवा में अधिक प्रदूषण फैला रहा होगा तो वह अपनी जगह से हिल नहीं पाएगा। यदि कोई इस उपकरण को वाहन से निकाले तो उसपर भारी जुर्माना लगे।

—**सतानिक पाल**, कक्षा-12

ला मार्टिनियेर फॉर बॉयज, कोलकाता

सरकारी और गैर-सरकारी संगठनों को एक ऐसी परियोजना शुरू करनी चाहिए, जिसमें नट की कलाबाजी के हुनरवाले गरीब बच्चों को ओलंपिक के लिए प्रशिक्षित किया जाए।

—**श्रुति, हिमांशी, राखी, कनिका, पल्लवी, आयुषी, रोनीता**

कक्षा-11, एम.आर.एम., अरावली

सड़क दुर्घटनाओं से बचाव के लिए हवा भरी टंकी

आजकल दुर्घटनाएँ आम हो गई हैं, विशेषकर महानगरों की भीड़ भरी सड़कों पर। इनसे बचने के लिए प्रणव का सुझाव है कि कार के नीचे हवा से भरी एक टंकी लगा देनी चाहिए। हवा को इस हद तक उसमें संघनित कर दिया जाए कि ढेर सारी हवा समा सके। भिड़ंत की स्थिति में इकट्ठा की गई हवा बाहर निकलेगी और कार ऊपर उठ जाएगी। इस तरह दुर्घटना से बचा जा सकता है।

—**प्रणव सिंह**, कक्षा-9

महाराजा अग्रसेन विद्यालय, मेमनगर, अहमदाबाद

बीजों से बिजली उत्पादन

बीज अंकुरित होते समय काफी दबाव पैदा करते हैं। यदि थोड़े से पानी के साथ कुछ हफ्तों के लिए बीजों को एक पतले काँचवाले डिब्बे में रखा जाए तो इनके अंकुरण से इतनी शक्ति पैदा होगी कि उससे डिब्बा चटक सकता है। यदि हजारो-हजार बीज शीशे के एक बड़े बरतन में अंकुरण के लिए रखे जाएँ तो वे इतना अधिक दबाव पैदा करेंगे कि इससे बरतन की दीवार पर दरार भी आ सकती है। इस प्रक्रिया में उत्पन्न यांत्रिक ऊर्जा को विद्युत् ऊर्जा में भी बदला जा सकता है। अंकुरण प्रक्रिया में इस्तेमाल हुए वे बीज बाद में किसानों को दे दिए जाएँ। इससे सभी चीजों का सदुपयोग होगा।

गति अवरोधकों से बिजली उत्पादन

सड़कों पर गति अवरोधक होते ही हैं। हम इन गति अवरोधकों को इस प्रकार डिजाइन कर सकते हैं कि किसी वाहन के गुजरने से ये दबें और इस दबाव, यानी आंतरिक ऊर्जा को हम विद्युत् में बदल लें। इससे घरों में विद्युत् आपूर्ति हो सकती है। (इसी तरह के विचार कुछ वर्ष पहले कई लोगों ने राष्ट्रीय नवप्रवर्तन प्रतिष्ठान को दिए थे। श्री शामराव परहटे ने चलते वाहनों से उत्पन्न दबाव को परिवर्तित करने हेतु द्रव-चालित व्यवस्था, यानी हाइड्रोलिक सिस्टम का उपयोग करते हुए एक नमूना बनाया था। हमें इस प्रकार के सृजनात्मक विचारों पर काम करना चाहिए। साथ ही सार्वजनिक सड़क, पुलिया, नाली इत्यादि के कामों में लगे लोगों से भी इस बारे में बात करनी चाहिए।)

फर्श ऐसा कि कीड़े रहें दूर

घर के फ्लोर पर बैक्टीरिया और कीट प्रतिरोधक सामग्री की ऐसी स्थायी परत बिछा देनी चाहिए कि हमें झाड़ू-पोंछा करते समय रोज कीटनाशक विकर्षक न डालना पड़े। ऐसे फर्श माता के लिए भी सुविधाजनक होंगे, क्योंकि इससे उनके बच्चों को फर्श पर खेलते वक्त किसी संक्रमण का खतरा नहीं रहेगा।

(दरअसल इस तरह के प्रभाव के लिए टाइटेनियम डाइऑक्साइड के सूक्ष्म कणों से युक्त पेंट का प्रयोग हो सकता है। लेकिन शालिनी अभी तक

नैनो कणों के बारे में नहीं जानती है। शिक्षक इस तरह के विचारों से बच्चों को अवगत कराएँगे।)

—शालिनी पाल, कक्षा- 9

महाराजा अग्रसेन विद्यालय, मेमनगर, अहमदाबाद

इग्नाइट पुरस्कार से सम्मानित विद्यार्थियों के विचार

कार की खिड़कियों के लिए वाइपर

कार में बैठे लोग किनारे से भी स्पष्ट रूप से देख सकें, इसके लिए कार की खिड़कियों के काँच के लिए वाइपर।

—प्रथम : विशान, दीपक, पोपट

कक्षा-8, नवरचना स्कूल, वडोदरा, गुजरात

स्वचालित ट्रैफिक सिग्नल प्रणाली

पहले से चले आ रहे सुनिश्चित समय अंतराल के अनुसार काम करनेवाले यातायात सिग्नल की बजाय यातायात घनत्व के अनुरूप काम करनेवाला यातायात सिग्नल।

—द्वितीय : गिरीश एस. और अश्विन नागराजन

कक्षा-10, पदू शेषाद्रि बाल भवन, चेन्नई, तमिलनाडु

एल.पी.जी. गैस समाप्ति संकेतक

एक ऐसा इलेक्ट्रॉनिक उपकरण, जो उपभोक्ता को यह बता देता है कि गैस सिलेंडर में गैस कब खत्म होने वाली है। गैस के सिलेंडर का भार जब एक नियत मान से कम हो जाता है तो इलेक्ट्रॉनिक उपकरण सिग्नल यानी संकेत दे देता है।

तृतीय : उल्लास केशव, पूर्णेश ए. एस., अमोघ एम. हुली, विग्नेश डी. नरनेकर, अक्षय तुलसीगिरी

कक्षा-8, श्री सत्य साईं लोक सेवा विद्या केंद्र, दशिध कन्नड़, कर्नाटक

पुरस्कृत रचनात्मक विचार

स्वचालित कूड़ा निपटान प्रणाली

किसी कूड़ेदान में कूड़ा-करकट एक विशेष भार तक इकट्ठा होते ही कूड़ेदान एक ओर झुक जाता है और बाहर रखे बड़े कूड़ेदान में कूड़े को फेंक देता है।

—**रिया मिश्रा** और **सीरत के. ढिल्लन**
कक्षा-8, वसंत वैली स्कूल, नई दिल्ली

भार नियंत्रक प्रणाली

इस प्रणाली से, जिसमें भार मापने की व्यवस्था तथा सेंसर होते हैं, अधिक भारवाले वाहनों की जाँच की जा सकती है और इसमें अति भारवाले वाहन चेक पॉइंट नहीं पार कर सकते हैं।

—**अनुभव हल्दिया**, कक्षा-10
महाराज सवाई मानसिंह विद्यालय, जयपुर, राजस्थान

विद्युत् बचत करनेवाली स्ट्रीट लाइट

इस विचार के अनुसार इस तरह स्ट्रीट लाइट लगाई जाए कि स्ट्रीट लाइट के ठीक दूसरी ओर सड़क पार प्रकाश परावर्तन के लिए उत्तल दर्पण लगे हों। इस योजनानुसार दो डेंसिटी लाइट के सामने चार उत्तल दर्पण परावर्तक के रूप में लगे हों। आधी सड़क पर सीधी रोशनी और बाकी आधी सड़क पर परावर्तित रोशनी खर्च आधा करने के लिए।

—**यशवीर सुराणा** और **देव अग्निहोत्री**
कक्षा-10, महाराज सवाई मानसिंह विद्यालय, जयपुर, राजस्थान

दुर्घटना रोधक वाहन/प्रौद्योगिकी

वाहनों, रुकावटों और खुले गड्ढों का पता लगाने के लिए गाड़ियों में सेंसर आधारित प्रणाली अभिन्न फिलिप (जे.एन.वी. स्कूल, पलक्कड, केरल)

ने दुर्घटना निरोधक के विचार के लिए सांत्वना पुरस्कार प्राप्त किया।

—**सुशांत पटनायक**, कक्षा–10,
डी.ए.वी. पब्लिक स्कूल, भुवनेश्वर, उड़ीसा

दो ओर से खुलनेवाला कूड़ेदान

इस कूड़ेदान का ऊपरी हिस्सा हमारे रोज़ाना प्रयोग में आनेवाले कूड़ेदान जैसा ही होता है। इसके निचले हिस्से में एक तरफ नीचे एक ढक्कन लगा होता है, जिसे नीचे कर दें तो उसमें सीधे ही हम धूल या करकट झाड़ू लगाते हुए डाल सकते हैं।

—**आग्नेया शील खोसला, मुदंग माथुर,**
श्रेयस कडाबा, अभिवीर अर्जुन
कक्षा–7, बसंत वैली स्कूल, नई दिल्ली

वर्षा जल संचयन हेतु छाता

छाता, जो हमें वर्षा से बचाता है, उसी से हम वर्षा जल संचयन—रेन वाटर हार्वेस्टिंग—भी कर सकते हैं। इस पानी को पी सकते हैं।

—**ओजस्वी गोयल**, कक्षा–6
वसंत वैली स्कूल, नई दिल्ली

कूड़ा एकत्रण

यह कूड़ा एकत्रित करने का एक विचार है, जिसके अनुसार जिन पन्नियों में खाद्य पदार्थ पैक किए जाते हैं, उन खाली पन्नियों में एक पतली सतह चुंबकीय सामग्री की लगा देनी चाहिए। इसी तरह सार्वजनिक कूड़ेदान में भी चुंबकीय सामग्री लगी हो। इससे कूड़ेदान के निकट पड़ी या हवा में इधर-उधर उड़ती पन्नियाँ चुंबक के कारण आकर्षित होकर कूड़ेदान से चिपक जाएँगी।

—**अतुल्य गुप्ता**, कक्षा–4,
द बनैयन ट्री, नई दिल्ली

सुरक्षित और पोर्टेबल कुकर

यह एक छोटा सा पोर्टेबल कहीं भी आसानी से ले जाने योग्य खाना गरम करने तथा परोसने की युक्ति है, जिसका वजन लगभग 1 किलोग्राम है। यह एल्युमीनियम की पन्नी से ढँका होता है।

—**वेंकटेश जिंदल, विराज नंदा,**
अश्रांत कोहली, कक्षा–7,
वसंत वैली स्कूल, नई दिल्ली

आई.पी.एल. बिजनेस ट्वेंटी-ट्वेंटी

(आई.पी.एल. क्रिकेट लीग के आधार पर डिजाइन किया हुआ)

यह छह वर्ष से अधिक उम्र के बच्चों के लिए की बोर्ड गेम है। इसमें दो से चार खिलाड़ी होते हैं। यह बच्चों को अधिक लाभ के लिए निवेश तथा दो रणनीति सिखाता है। चित्रात्मक विकल्पों में से चुनकर लागत कम करनी होती है और अधिक-से-अधिक लाभवाला व्यवसाय चलाना होता है। इसमें प्रत्येक खिलाड़ी को खेल के आरंभ में आई.पी.एल. बैंक से एक निश्चित राशि दी जाती है।

—**सिद्धार्थ सोमानी**, कक्षा–7,
आनंद निकेतन स्कूल, अहमदाबाद, गुजरात

□

परिशिष्ट-2

छात्र व छात्राएँ नवाचार प्रक्रिया में प्रयत्नशील

नवाचार प्रक्रिया इतनी आसान नहीं है; परंतु फिर भी कुछ विद्यार्थियों ने इस दिशा में कार्य करने का प्रयत्न अवश्य किया है, जिसके फलस्वरूप अनेक छात्र एवं छात्राओं के नवाचारों को मान्यता के साथ-साथ पुरस्कार पाने का गौरव भी प्राप्त हुआ है। आशा है कि नौजवान पाठक भी इस दिशा में कार्य करने के लिए प्रोत्साहित होंगे और ऐसे अनेक नवाचार करने में सफल होंगे, जिससे वे भी गौरवान्वित हो सकें।

किचन किंग

इस मशीन में 12 खाने हैं। इसमें एक डिस्प्ले स्क्रीन लगी है, जिसमें कौन सा व्यंजन बनाना है, इसका चुनाव किया जा सकता है। उपर्युक्त व्यंजन के निर्देशन के लिए एक कार्ड डाला जा सकता है। फिर स्क्रीन में इस व्यंजन के लिए आवश्यक सामग्री और उसकी मात्रा प्रदर्शित होती है। कार्ड के अनुसार सामग्री इन खानों से पकाने के बरतन में नियम व अनुपात में गिर जाती है। निर्धारित समय में वांछित व्यंजन बनकर तैयार हो जाता है।

—**अभिषेक भगत**, कक्षा-10
बौसी, भागलपुर, बिहार

पानी की पाइपलाइन में प्रेशर का पता लगानेवाला उपकरण

भारत में अनेक स्थानों पर पानी की आपूर्ति पूरे दिन में एक साथ दो घंटे होती है। पानी कब आएगा, यह भी निश्चित नहीं होता है। इसलिए लोगों को बार-बार पानी की टोंटी खोलकर देखना पड़ता है कि पानी आया या नहीं। हिमाला ने एक ऐसे प्रेशर डिटेक्टर का विचार दिया है, जिसे पाइपलाइन में लगाया जा सकता है। जैसे ही नल में पानी आएगा, यह पानी के दबाव को महसूस करते ही अलार्म बजा देगा।

—**हिमाला जोशी**, कक्षा-11
आर्यमान विक्रम बिड़ला इंस्टीट्यूट ऑफ लर्निंग,
हल्द्वानी, उत्तराखंड

मुहरबंदी का लौ-रहित उपकरण : अब आग की लौ आवश्यक नहीं

लिफाफों या थैलों को सील या मुहरबंद करने का जो परंपरागत तरीका है, उसमें लाख को उच्च तापमान पर पिघलाया जाता है। इसमें बहुत सावधानी बरतनी पड़ती है, क्योंकि ऐसा करते हुए दुर्घटना भी हो सकती है। भारत में यह तकनीक मुगल काल से चली आ रही है। लौ-रहित सील मेकर, यानी मुहरबंदी के लौ-रहित उपकरण में लाख पिघलाने के लिए आग की लौ की कोई आवश्यकता नहीं। इसमें उपकरण के अंदर लाख भरकर उसे बिजली के प्लग पर लगाना होता है। पिस्टन की मदद से लाख की मात्रा को नियंत्रित किया जा सकता है। इसमें मुहर अच्छे ढंग से लगती है और साथ ही जलने का खतरा भी न्यूनतम हो जाता है।

—**माशा नजीम**, कक्षा-11
विद्या विकास स्कूल, नमक्कल, तमिलनाडु

विकलांगों के लिए मददगार श्वसन संवेदी यंत्र

इसमें एक सर्किट, यानी परिपथ होता है। यह यंत्र विकलांग व्यक्ति की भोजन व पानी जैसी जरूरतों को पूरा करने के लिए मात्र श्वास के इशारे

को भाँपकर सहायता प्रदान कर सकता है। श्वास का इशारा पाते ही यह यंत्र संबंधित रोशनी के माध्यम से बता देगा कि व्यक्ति को क्या चाहिए। इससे विकलांग व लकवाग्रस्त लोगों को अपनी रोजमर्रा की जरूरतों को पूरा करने में बहुत आसानी हो जाएगी। इस तकनीक के व्हीलचेयर, इलेक्ट्रॉनिक उपकरणों में, दुर्घटना रोकने, चोरी से बचने के उपाय जैसे अनेक अनुप्रयोग हो सकते हैं। सुशांत ने अपनी अवधारणा पर एक व्हीलचेयर का इलेक्ट्रॉनिक सर्किट तैयार किया है, जिसमें सेंसर अलग-अलग ढंग से लिये जा रहे श्वास को आदेश के रूप में ग्रहण करेगा और यह कुरसी पहियों की मदद से आगे-पीछे चलाई जा सकती है।

—**सुशांत पटनायक**, कक्षा-11,
डी.ए.वी. पब्लिक स्कूल, भुवनेश्वर, उड़ीसा

वर्षा जल संग्रहण का आसान तरीका

अधिकांश शहरों में पानी की कमी एक आम समस्या हो चली है। वर्षा जल के सदुपयोग का एक आसान तरीका यह है कि घर पर हाउसिंग कॉम्प्लेक्स को जानेवाले रास्ते को सीमेंट का बनाने के बजाय उसपर मिट्टी डाल देनी चाहिए। इससे जब भी बारिश होगी तो पानी आसानी से जमीन में चला जाएगा। सीमेंट किए हुए रास्तों में पानी बहता चला जाता है और कहीं जाकर गंदे नाले में मिलकर किसी काम नहीं आता है। दिए गए सुझाव से पानी का सदुपयोग किया जा सकता है।

—**शारंग मजूमदार**, कक्षा-11,
ला मार्टिनिएर फॉर बॉयज, कोलकाता

अग्निशामक हौज को थामने का उपाय

आग बुझाने के लिए जब हौज से पानी निकलता है तो पानी का वेग बहुत तेज होने के कारण अनेक बार व्यक्ति को इसे थामे रखने या सँभालने में मुश्किल होती है। इस समस्या को देखते हुए अभिषेक ने एक फोल्ड होने

लायक स्टैंड बनाया है, जिसे फायर होज, यानी अग्निशामक नली के साथ एक स्प्रिंक मेकैनिज्म द्वारा जोड़ा जा सकता है। हौज का एंगल लचकदार होता है। इससे कम जोर पड़ता है और सटीक जगह पर पानी छोड़ने में आसानी होती है।

—**अभिषेक श्रीकांत**, कक्षा-9,
ग्लोबल इंटरनेशनल स्कूल, ईस्ट कॉस्ट कैंपस, सिंगापुर

शौचालय के लिए स्वचालित प्रक्षालन व्यवस्था

इस व्यवस्था में कोई व्यक्ति जैसे ही शौचालय का दरवाजा खोलेगा तो अपने आप पानी द्वारा फर्श व शौच का स्थान साफ हो जाएगा। इसमें एक स्प्रिंग मेकैनिज्म द्वारा दरवाजे को खोलने तथा बंद करने के साथ पानी की व्यवस्था की गई है। इस उपाय से रेल में कम पानी खर्च कर अच्छी सफाई व्यवस्था बनाए रखी जा सकती है।

—**सुस्मिता नायक**,
कैंडुझार, उड़ीसा

ग्रामीण क्षेत्रों के स्कूलों के लिए सौर प्रोजेक्टर

सौर ऊर्जा से चलनेवाले प्रोजेक्टर का प्रयोग विद्यालयों में शैक्षणिक कार्यों के लिए प्रभावी ढंग से किया जा सकता है। यह सोलर स्लाइड प्रोजेक्टर दूर-दराज के गाँवों में भी आसानी से स्थापित किया जा सकता है। यह ग्रामीण बच्चों की पढ़ाई में बहुत मददगार सिद्ध होगा।

—**पी. ऐश्वर्य**, कक्षा-10,
सिल्वर हिल्स पब्लिक स्कूल, कालीकट

बाहर सूख रहे कपड़ों को बारिश से बचाने का उपाय

इस उपाय में जैसे ही बारिश होगी, नमक हवा की आर्द्रता/पानी को सोखेगा और इस तरह के सेंसर से एक मोटर काम करने लगेगी। मोटर रस्सी

को, जिस पर कपड़े सूख रहे हैं, अंदर की तरफ खींच लेगी। यह गृहिणियों को एक झंझट से मुक्त कर देगा।

—**पीयूष अग्रवाल**, कक्षा-11,
डी.ए.वी. पब्लिक स्कूल, हजारीबाग, झारखंड

सुरक्षित रहे लॉकर और अलमारी

एक ऐसा सुरक्षा अलार्म बनाया जा सकता है, जो रोशनी पड़ते ही बज उठे। यदि चोर घर में चोरी करने घुसे तो जैसे ही वह अलमारी या लॉकर पर टॉर्च से रोशनी करेगा, रोशनी पड़ते ही अलार्म बज उठेगा।

—**श्रीमंत सुंदर पाधी**, कक्षा-9,
सरत कु. देव हाई स्कूल, केंद्रपाड़ा, उड़ीसा

मोबाइल फोन के माध्यम से इन्फ्रारेड सुरक्षा प्रणाली

इस सुरक्षा प्रणाली में पायरोइलेक्ट्रिक इन्फ्रारेड सेंसर, जो कि इन्फ्रारेड किरणों द्वारा मोबाइल फोन से जुड़ा रहता है, को घर में लगाया जा सकता है। यदि चोर घर में घुसता है तो सायरन के साथ ही मोबाइल में भी अलार्म बज उठेगा। इसके अलावा चोर की गतिविधियों को वीडियो सेंसर के माध्यम से देखा भी जा सकता है।

—**अरुण मुरलीधरन**, कक्षा 10,
पुनलूर गवर्नमेंट हायर सेकंडरी स्कूल, कोल्लम, केरल

हेलमेट : एक संचार उपकरण के रूप में

हेलमेट के अंदर एक वाकी-टॉकी स्पीकर लगाया जा सकता है। एंटीना को हेलमेट की बाहरी सतह पर लगा सकते हैं। इससे आपात स्थितियों में यदि कोई पुलिसकर्मी मोटरसाइकिल पर जा रहा हो, तब भी आसानी से अपने मुख्यालय के साथ संपर्क में बना रह सकता है।

—**अंकुश कुमार**, कक्षा-12,
सरस्वती विद्या मंदिर, धनबाद, झारखंड

दुर्घटना रोकने के लिए स्किडोमीटर

सड़कों में मोड़ों पर आएदिन वाहनों के फिसल जाने से दुर्घटनाएँ होती रहती हैं। केरल के दो विद्यार्थियों ने एक स्किडोमीटर विकसित करने का सुझाव दिया है। स्किडोमीटर ड्राइवर को गति का स्तर बताएगा और इससे मोड़ों या घुमावदार रास्तों पर वाहन फिसलने से बच जाएगा।

—**आएदा तेस्सी एलेक्स** और **अंशा ग्रेस कोशी**, कक्षा-9,
विमला सेंट्रल स्कूल, करमकोड, केरल

जल शुद्धीकरण के लिए बाल

बाल कटवाने के बाद उन्हें फेंक देने से अच्छा है कि उनका सदुपयोग किया जाए। कटे बालों को पंखों व लकड़ी के बुरादे के साथ मिलाकर कारखानों से निकलनेवाले पानी की निकासी जगह पर प्रयोग करने से तेल और अन्य अशुद्धियों को बालों से अवशोषित किया जा सकता है। इस तरह छाने गए पानी का बगीचे में सिंचाई जैसे कामों में उपयोग कर सकते हैं।

—**पल्लवी**, कक्षा-10,
आगा खान हाई स्कूल, कच्छ, गुजरात

मानव-रहित रेलवे क्रॉसिंग के लिए अलार्म

यदि एक ऐसी अलार्म प्रणाली हो, जो लोगों को ट्रेन आने की पहले से ही सूचना दे दे तो मानव-रहित रेलवे क्रॉसिंग पर होनेवाली दुर्घटनाओं को रोका जा सकता है। इसके लिए एक स्पीकरवाली अलार्म प्रणाली विकसित कर ट्रेन के 1 से 2 कि.मी. दूर होने पर ही लोगों को सचेत कर दिया जाए।

—**एम. अरविंद**,
चेन्नई, तमिलनाडु

ट्रैफिक सिग्नल का पालन न करने पर बज उठे विद्युत् घंटी

अकसर हम देखते हैं कि लाल बत्ती होने पर भी कई वाहन ट्रैफिक

सिग्नल की परवाह किए बिना सुरक्षा पट्टी से आगे बढ़ जाते हैं, जिससे दुर्घटनाएँ होती हैं। इसको रोकने के लिए ट्रैफिक लाइट से एक विद्युत् तार जोड़कर ऐसी व्यवस्था की जाए कि जैसे ही कोई वाहन लाल बत्ती को पार करने की कोशिश करे तो अलार्म बज उठे।

—**एन. सिद्धार्थ** और **पद्मिनी शुभश्री**, कक्षा-8,
डी.ए.वी. पब्लिक स्कूल, भुवनेश्वर, उड़ीसा

स्मार्ट होम

उन्नत तकनीक का उपयोग और स्वचालित सुविधाएँ भविष्य के गृह-निर्माण में सभी सामानों व उपकरणों को इस तरह घर में लगाया जाए और उनके साथ उच्च तकनीक का प्रयोग किया जाए कि व्यक्ति की जरूरतों को आसानी से पूरा किया जा सके। जैसे यदि किसी को गरम पानी चाहिए तो तुरंत उसे यह मिल जाए। बिस्तर या सोफा को सुविधाजनक स्थिति में लाने के लिए डिजिटल समायोजन का प्रयोग किया जाए। स्मार्ट होम में अधिकांश गैजेट या उपकरण डिजिटल नियंत्रित हों।

—**स्वप्न दास**, कक्षा-11
होली क्रॉस स्कूल, अगरतला, त्रिपुरा

पेट्रोल लीक होने लगे तो बज उठे अलार्म

वाहनों में पेट्रोल टैंक के साथ एक ऐसा सेंसर लगाया जाए, जो पेट्रोल के लीकेज का तुरंत पता लगा ले और अलार्म बज उठे। इस सूझ-बूझ से लीकेज के कारण काफी मात्रा में बेकार चले जानेवाले पेट्रोल को बचाया जा सकता है।

—**नीतेश चौधरी**, कक्षा-10
सरस्वती विद्या मंदिर, धनबाद, झारखंड

ऊर्जा बचत के लिए एक संकेतक

कई बार वाहन की हेडलाइट दिन में भी जलती रहती है और ऊर्जा का

अपव्यय होता है। इसके लिए सौर ऊर्जा से चलनेवाला एक छोटा उपकरण एक संकेतक का काम कर सकता है, जो यदि हेडलाइट दिन में जल रही हो तो बीप-बीप कर सूचना दे देगा।

—प्रकाश बधवानी,
आदर्श प्राइमरी स्कूल, कच्छ, गुजरात

कठोर जल के उपचार के लिए इमली

इमली का उपयोग हम फिल्टर माध्यम के रूप में कर सकते हैं। इससे फिल्टर माध्यम से गुजरनेवाला कठोर जल उपचारित हो जाएगा, क्योंकि इमली में ऑक्जेलिक अम्ल होता है। इमली के इस फिल्टर माध्यम को प्रत्येक 15 दिनों में बदलने की आवश्यकता होगी। यह एक कम लागत का आसान-सा उपाय है।

—नबरून दे, कक्षा-9,
होली क्रॉस स्कूल, त्रिपुरा

मोबाइल ऐसा, जो बैटरी को ओवरचार्ज न होने दे

आमतौर पर हम मोबाइल फोन को चार्जिंग पर लगाकर भूल जाते हैं। बैटरी चार्ज हो जाने के बाद भी यह लगा रहता है। इससे बैटरी की उम्र भी कम होती है। मोबाइल फोन में सर्किट इस तरह बनाया जा सकता है कि जैसे ही मोबाइल पूरी तरह चार्ज हो जाए तो अपने आप ही कनेक्शन भंग हो जाए।

—अंतरा दत्ता, कक्षा-11,
होली क्रॉस स्कूल, अगरतला, त्रिपुरा

सीढ़ियाँ ऐसी हों कि जगह का पूरा सदुपयोग हो सके

सीमेंटवाली सीढ़ियाँ बनाने के बजाय जहाँ संभव हो, वहाँ लकड़ी की सीढ़ियाँ बनाई जा सकती हैं। लकड़ी की इन सीढ़ियों में जगह का उपयोग करते हुए सामान रखने के खाने, यानी ड्रॉअर बना सकते हैं। आधुनिक चैनल और लॉक का प्रयोग करते हुए इन्हें इस प्रकार बनाया जाए कि सीढ़ी चढ़ते-उतरते समय ये खुलने न पाएँ।

टेलीविजन, जो दूसरों की नींद में व्यवधान न डाले

हमारे घरों में जब कोई टेलीविजन देख रहा होता है और दूसरा कोई सोना चाहे तो दिक्कत होती है, क्योंकि टेलीविजन से आनेवाली रोशनी परेशान करती है। इस तरह की स्क्रीन डिजाइन की जा सकती है कि जिससे पूरे कमरे में, यानी चारों ओर टेलीविजन की रोशनी न फैलने पाए।

—**विशन पोपट**, कक्षा-9,
नवरचना स्कूल, बड़ौदा, गुजरात

मोबाइल फोन को शरीर के ताप व धड़कन से चार्ज करने का विचार

एक ऐसा उपकरण विकसित किया जा सकता है, जिससे हम अपने शरीर की ऊष्मा या धड़कन का उपयोग करते हुए मोबाइल चार्ज कर सकते हैं। उल्लेखनीय है कि स्टैनफोर्ड विश्वविद्यालय ने इस तरकीब पर गौर करते हुए सरोजिनी के इस विचार पर आगे काम करने का निर्णय लिया है। वे इ-बुक की बैटरी को चार्ज करने में इसकी व्यवहार्यता का पता लगा रहे हैं।

—**सरोजिनी महाजन**, कक्षा-9,
सेंट मार्क सीनियर सेकंडरी स्कूल, दिल्ली

कुछ पुरस्कृत नवाचार

पाँच पहिएवाली कार : सीमाएँ लाँघ दी गई

चचेरे भाई मनोज 18 वर्ष और हरिमोहन सैनी 21 वर्ष ने मध्यम वर्गीय भारतीयों के लिए सस्ती, किंतु पाँच पहियोंवाली कार को डिजाइन किया है। उन्होंने इस मॉडल कार का निर्माण स्क्रेप सामग्रियों, जैसे स्कूटर के पहिए, मोपेड का इंजन, निकिल पाइप से बना चेसिस उपयोग में लाकर किया है। अगले और पिछले पहियों को स्थापित कर पाँचवाँ पहिया स्टेयरिंग से जोड़ा गया है। मनोज और हरिमोहन का मानना है कि कार का डिजाइन पूर्णरूपेण तैयार हो जाने के बाद इसे अधिकतम 80 कि.मी. प्रति घंटा की रफ्तार से चलाया जा सकेगा। वर्तमान बाजार में उपलब्ध कार, जो 19-20 कि.मी. प्रति लीटर की

ईंधन खपत करती है, उसकी तुलना में यह कार 30–34 कि.मी. प्रति लीटर ईंधन की खपत करेगी।

गतिरोधक यंत्र

मास्टर जी. कृष्णकांत 16 वर्ष के कक्षा बारहवीं के छात्र हैं। जब वे कक्षा–4 में अध्ययन कर रहे थे, तभी तकनीकी ज्ञान और गणित विषय में इतने पारंगत थे कि उन्होंने 48 दिनों की कार्यशाला के लिए एक इंस्टीट्यूट में प्रवेश लिया था। इलेक्ट्रॉनिक्स का पाठ्यक्रम पढ़ने के लिए इस कार्यशाला में सामान्यत: कक्षा दसवीं या अधिक के छात्र ही प्रतिभागी होते हैं। तब से ही उन्होंने अनेक प्रोजेक्ट्स तैयार किए हैं, जिनमें से प्रमुख हाइड्रो–इलेक्ट्रिक पावर प्लांट, एक ट्रांजिस्टर रेडियो, एक अलार्म और एक प्रकाश–संचालित स्विच प्रमुख हैं। गतिरोधक यंत्र बनाने की प्रेरणा उन्हें केरल में अत्यधिक गति के कारण होनेवाली दुर्घटनाओं से मिली। यह यंत्र एक माइक्रो प्रोसेसर पर आधारित होता है। ईंधन आपूर्ति को रोककर इस यंत्र द्वारा किसी भी वाहन की गति सीमा को नियंत्रित किया जा सकता है। पूर्व निर्धारित गति सीमा से अधिक गति करने पर चालक एक चेतावनी सूचक ध्वनि सुनता है, किंतु गति अधिक रहने की स्थिति में एक इलेक्ट्रॉनिक बल्ब द्वारा पेट्रोल और कार्बोरेटर के बीच ईंधन आपूर्ति बंद कर दी जाती है, जिससे वाहन की गति अत्यंत धीमी पड़ जाती है। इस नव–सृजन में एक इलेक्ट्रॉनिक सोलेनॉयड बल्ब का उपयोग किया जाता है, जो कि पारंपरिक उपकरणों के एक्युएटर यूनिट या मेकैनिकल मोटर से गुणवत्ता की दृष्टि से बेहतर होता है।

सोलर लेमिनेटर : आपके महत्त्वपूर्ण कागजातों को नई जिंदगी

श्री अमनदीप सिंह, जो अभी 21 वर्ष के हैं और स्नातक प्रथम वर्ष के छात्र हैं, ने अपने स्कूली जीवन में ही सौर ऊर्जा चलित लेमिनेशन मशीन का नवसृजन किया था। वह भारत स्काउट एवं गाइड के सक्रिय सदस्य भी हैं और अपने नवसृजन की वजह से अपनी अच्छी–खासी पहचान बना चुके हैं।

सोलर कुकर के सिद्धांत पर कार्य करनेवाले सोलर लेमिनेटर में इलेक्ट्रिकल

हीटिंग फिलामेंट के बजाय आईनों से घिरा एक काला डिब्बा उपयोग में लाया जाता है। डिब्बे में एकत्र होनेवाली सौर ऊर्जा धातुओं से बनी प्लेट को गरम कर देती है, जिससे लेमिनेशन के लिए उपयोग में लाई जानेवाली शीट चिपक जाती है। लगभग 14 मिनट के समय में इस मशीन की सहायता से ए-4 आकार के कागज को खुली धूप में लेमिनेट किया जा सकता है। सूर्य प्रकाश की अनुपस्थिति में इसे विद्युत् से संचालित किया जा सकता है। यदि इस सोलर लेमिनेटर को रूपांतरित कर दिया जाए तो ग्रामीण भारत के अनेक लोगों के लिए यह एक उपहार होगा, ताकि ये लोग विद्युत् प्रदाय न होने की स्थिति में भी अपने कागजातों को लेमिनेट करके सुरक्षित रख सकें।

इन्होंने अपने सघन प्रयासों और अध्ययन से बहूद्देशीय व बहूपयोगी मॉडल तैयार किया है, जिसमें सीवेज के पानी के बेहतर उपयोगों की जानकारी प्राप्त होती है। मोक्साद के इस मॉडल के अनुसार, मल को अलग कर बायोगैस प्लांट में उपयोग में लाया जाता है, जबकि छनित द्रव को जेनरेटर से जुड़े टरबाइन को चलाने में उपयोग करते हैं, जिससे विद्युत् ऊर्जा प्राप्त होती है। टरबाइन में बहनेवाले जल का कुछ हिस्सा ड्रिप सिंचाई हेतु और कुछ हिस्सा भू-जल को रिचार्ज करने हेतु छोड़ दिया जाता है। आई.ए.आर.आई. वर्तमान में इस युक्ति को प्रमाणित करने की कोशिश कर रही है।

बुद्धिमान लेटर बॉक्स

कु. उत्कलिका पटनायक 16 वर्ष, इंटरमीडिएट स्तर पर विज्ञान की प्रथम वर्ष की छात्रा हैं। वह एक होनहार छात्रा व कुशक गायिका भी हैं। उन्होंने एक नवाचार के बारे में सोचा, जिससे एक ऐसा लेटर बॉक्स बनाया, जो यह इंगित कर देता है कि बॉक्स के अंदर कोई खत पड़ा है या नहीं। यह इंगित करने के लिए लेटर बॉक्स में एक सूचक लाइट लगी होती है। बॉक्स में एक इलेक्ट्रॉनिक सर्किट लगा होता है, साथ ही एक प्लेट होती हैं। प्लेट पर जब कोई खत गिरता है तो सर्किट में विद्युत् प्रवाह होता है और सूचक लाइट कार्यशील हो जाती है। लेटर बॉक्स में खत न होने की

दशा में लाल लाइट जलती है और खत आ जाने पर यह बंद होकर हरे रंग की हो जाती है।

जल संरक्षण पद्धति

मास्टर विष्णु बच्चूभाई दुमानिया 17 वर्ष, पारंपरिक नमक बनानेवाले क्षेत्र कच्छ की मरुभूमि का प्रतिनिधित्व करते हैं और भविष्य में एक शिक्षक बनना चाहते हैं। नवसृजन और नवाचारों से भरपूर विष्णु वर्तमान में कक्षा बारहवीं की दूसरी बार तैयारी कर रहे हैं। गत वर्ष गणित और विज्ञान विषय में अनुत्तीर्ण हो जाने पर उन्हें ऐसा करना पड़ रहा है। नमक उत्पादन करनेवाले परिवारों के कम ही बच्चे विद्यालय की चौखट तक पहुँच पाते हैं, क्योंकि परिवार के इस व्यवसाय में उन्हें भी शामिल होना पड़ता है। वे बच्चे नमक बनाते समय दूसरे छोर पर स्थित जल पंप की टंकियों में जल स्तर को देखते हैं। विष्णु विद्यालय में प्रवेश के लिए सदैव आतुर रहे। उन्होंने दूषित जल निकासी पाइप से एक रस्सी की सहायता से एक डिब्बे को जोड़ दिया। रस्सी के दूसरे छोर पर पानी से भरे डिब्बे जितने भारवाला एक पत्थर बाँध दिया। जब उस डिब्बे का जल स्तर कम होता है तो डिब्बा हलका हो जाता है और दूसरे छोर पर स्थित पत्थर नीचे की ओर गति करता है; जब पानी और भी कम हो जाता है तो मशीन स्वत: ही बंद हो जाती है। यह डिजाइन अनेक नमक उत्पादक परिवारों में प्रचलित हो चला है।

स्कूटर के पहिए से भार मापक यंत्र

कु. सरित स्वप्न दास 13 वर्ष, अपने गाँव के उच्चतर माध्यमिक विद्यालय में आठवीं कक्षा में अध्ययन कर रही हैं और आगे चलकर हृदय रोग विशेषज्ञ बनना चाहती हैं। उन्हें अपने गाँव से अपार प्रेम है और अपनी प्रेरणा के स्रोत अपने पिताजी एवं शिक्षा को मानती हैं।

किसानों को सस्ते और सुलभ भार वहन की आवश्यकता की सोच सरित के मन में आई। क्षेत्र के किसानों को अकसर भार वहन करते वक्त

मूर्ख बनाया जाता है। इस समस्या के समाधान के लिए उन्होंने एक साधारण भार वहन मशीन या मापक यंत्र बनाया। इस यंत्र के निर्माण के लिए एक स्कूटर के पुराने टायर/पहिए का उपयोग किया गया, जिसकी सहायता से 25 कि.ग्रा. भार का मापन किया जा सकता है। इस यंत्र में प्रयुक्त टायर की ट्यूब में हवा भर दी जाती है। इसे वायु वॉल्व की सहायता से एक पारदर्शी प्लास्टिक ट्यूब से जोड़ दिया जाता है, जिसमें लाल रंग का पानी भरा होता है तथा यहाँ एक वजन सूचक लगा होता है। जैसे ही टायर पर भार रखा जाता है, भार के दबाव से हवा वॉल्व से प्रवेश करती है और ट्यूब में स्थित रंगीन पानी का स्थान बदल जाता है और भार-सूचक यंत्र भार दिखा देता है।

नवाचार की प्रक्रिया इतनी आसान नहीं है, लेकिन फिर भी विद्यार्थियों ने अपने कुछ नवाचारों के बारे में उल्लेख किया है।

बिजली की खपत और बचत : एक तीखी नजर

श्री सतीश कुमार 17 वर्ष, बचपन से जिज्ञासा भरा जीवन-यापन करते रहे हैं। उन्हें अपने नवसृजनों के लिए अनेक बार सम्मानित व पुरस्कृत भी किया जा चुका है। वे फिलहाल तूतीकोरिन के स्पीक (SPIC) कैंपस के एन.टी.टी.एफ. (NTTF) कैंपस में मैकाट्रॉनिक्स में त्रि-वर्षीय डिप्लोमा कोर्स के प्रथम वर्ष में अध्ययन कर रहे हैं। उनका नवाचार है कि घरों में लगे इलेक्ट्रिक मीटर पर दिखाई देनेवाली पावर यूनिट (किलोवाट प्रति घंटा) कैंपस यदि रुपयों में दिखाई पड़े तो घरों में खपत होनेवाली ऊर्जा के खर्च पर काफी कटौती आ सकेगी और ऐसी स्थिति में समय पर उपभोक्ता विद्युत् कटौती भी करता रहेगा। ऊर्जा संरक्षण में यह एक महत्त्वपूर्ण कदम होगा। सतीश एक प्री-पेड पूर्व भुगतान प्रणाली का विचार भी रखते हैं, जिसमें उपभोक्ता महीने की शुरुआत में ही पाँच यूनिट खरीदा करेंगे और उपयोग करेंगे। शेष राशि की जानकारी मीटर पर ही उपलब्ध होगी। ऐसी व्यवस्था होने पर लोग उतने ही पावर यूनिट खरीदेंगे, जितनी उन्हें आवश्यकता होगी। ऐसी पूर्व भुगतान

प्रणाली से कंपनियों को भी फायदा होगा, जो कि सिम कार्ड में शेष राशि समाप्त होने की दशा में विद्युत् कटौती कर देगी तथा पुनः राशि आ जाने पर व्यवस्था बहाल कर दी जाएगी।

विकलांगों के लिए बहूद्देशीय बैसाखी

मास्टर राकेश कुमार पात्रा, जो कि दसवीं कक्षा के छात्र हैं, सदैव विकलांग जनों और उनकी समस्याओं के बारे में सोचते रहते हैं और अपनी सृजनात्मकता से विकलांगों के लिए कुछ कर गुजरना चाहते हैं।

उन्होंने एक बैसाखी बनाई है, जिसमें मोड़कर रख देनेवाली एक कुरसी, एक हेडलाइट, एक अलार्म और छाते को रखने के लिए एक दराज भी हैं। विकलांगों के लिए यह एक बहूद्देशीय नवसृजन है। यह बैसाखी हलकी लकड़ियों के फ्रेम से बनाई जाती है। इस बैसाखी के सहारे काफी लंबी दूरी तक भी बगैर थकान के चला जा सकता है।

फसलों की पैदावार बढ़ाने के लिए गोलियाँ : एक ऐसी मशीन, जो वर्मीकंपोस्ट की गोलियाँ बनाती है

यद्यपि श्री नितिन कुमार त्यागी 21 वर्षीय एक युवा हैं, किंतु उन्होंने अब तक अनेक बहूपयोगी नवसृजन किए हैं। नितिन वर्तमान में कला में स्नातक कर रहे हैं और स्वयं की कंप्यूटर की दुकान भी चलाते हैं।

एक स्थानीय किसान नितिन से मिलकर उन्हें एक चुनौती दे बैठे कि वर्मीकंपोस्ट की गोलियों को बनाने की मशीन बनाकर दिखाइए। कुछ महीनों के समय में ही नितिन ने चुनौती को पूरा कर दिखाया। वर्मीकंपोस्ट एक कार्बनिक वृद्धिकारक के रूप में उपयोग में लाया जाता है। ग्रामीण क्षेत्र में इसकी गोलियाँ/टैबलेट बनाने की मशीनें कम ही हैं। गोलियों के रूप में वर्मीकंपोस्ट का उपयोग अत्यंत सरल हो जाता है, जबकि पाउडर या इसके पेस्ट का इस्तेमाल उतना ही पेचीदा है। इस प्रक्रिया में वर्मीकंपोस्ट को मोलासिस के साथ मिश्रित कर दिया जाता है, फिर उसे एक हॉपर पर स्थानांतरित कर दिया जाता है। संपूर्ण

मिश्रण को कन्वेयर बेल्ट की सहायता से एक शीट की तरह रखकर गोलियाँ बनानेवाले 'डाई' से गुजारा जाता है, जिससे कंपोस्ट की गोलियाँ बन जाती हैं। फार्मास्यूटिकल कंपनियों में इसी तरह की प्रक्रिया द्वारा गोलियाँ बनाई जाती हैं; किंतु कृषि में इस तरह की प्रक्रिया अनोखी है।

एक छाता, जिससे वर्षा और ठंडक दोनों मिलती है

कु. सुप्रिया चोत्रे 13 वर्ष, वर्तमान में कक्षा आठवीं में पढ़ाई कर रही हैं। उड़ीसा में वर्ष 2003 में पड़ी जोरदार गरमी ने एक ऐसा छाता बनाने की प्रेरणा दी, जो बिल्कुल अनोखा था। सुप्रिया ने सर्वप्रथम अपने विज्ञान विषय के प्राध्यापक से मुलाकात की और सफलतापूर्वक एक ऐसे छाते का नवसृजन किया, जिसमें एक वाटर स्प्रेयर, एक थर्मामीटर और एक सायरन सूचक को उसके हैंडल से लगा दिया। इस छाते के सबसे ऊपरी भाग पर सफेद कपड़ा होता है, जबकि सबसे निचले हिस्से पर काला कपड़ा। इन दोनों कपड़ों के बीच स्पंज की एक परत होती है। वाटर स्प्रेयर छाते के हत्थे से जुड़ा होता है। जब तापमान 35 डिग्री सेल्सियस से ऊपर चढ़ने लगता है, इसमें लगा थर्मामीटर छाते को सूचना प्रदान करता है और स्प्रेयर से पानी का छिड़काव छाते के ऊपर होने लगता है, जिससे स्पंज इस पानी को सोखकर ठंडक प्रदान करता है।

गंदी नाली के पानी से ऊर्जा : एक बहुआयामी नवसृजन

मास्टर मोक्साद पिनाकिन ठाकरे 14 वर्ष, जब चार वर्ष की उम्र में अपनी बालकनी से नीचे गिरे और सिर पर चोट लगी, उसी समय से उन्हें नवसृजन और अध्ययन में रुचि आने लगी। बिस्तर पर आराम करने की स्थिति में उन्हें माता-पिता ने अध्ययन के लिए पुस्तकें उपलब्ध करवा दीं और तब से ही वे एक अच्छे पाठक और प्रतिभावान् छात्र बन गए। मोक्साद के अनुसार, यह अत्यंत शर्म की बात है कि लोग सीवेज़ को कचरा समझते हैं, जबकि यह ऊर्जा का एक अत्यंत पर्यावरण-मित्र स्रोत हो सकता है।

□

परिशिष्ट-3

विद्यार्थियों की नवाचारी सोच तथा रचनात्मक विचारों के संग्रह की प्रस्तावित योजना

भारतीय ज्ञान-विज्ञान निधि, अलीगढ़ एक गैर-राजनीतिक, धर्मनिरपेक्ष, खुले विचार की किंडर गार्टन से बारहवीं कक्षा तक की नवाचारी सोच तथा रचनात्मक विचारों को आमंत्रित करती है। यह रचनात्मक विचार या सोच कोई नया अन्वेषण हो सकता है, शिक्षा-पद्धति में उत्कृष्टता ले आने के लिए कोई नई सोच हो सकती है, किसी नए उत्पादन को बनाने या मौजूदा उत्पादों, प्रक्रियाओं, विधियों में सुधार लाने की कोई नई विधि या जीवन-स्तर को और सुविधाजनक तथा संपन्न बनाने में सहयोगी हो सकती है।

योजना का मिशन

'भारतीय ज्ञान-विज्ञान निधि' विकसित भारत का सपना देखनेवाले सभी विद्यार्थियों के रचनात्मक विचारों तथा कर्मठता के गुणों को बढ़ावा देना चाहती है। इसके लिए विद्यार्थियों की प्रतिभा को पहचान देने तथा उन्हें यथा योग्य पुरस्कृत करने की भी व्यवस्था है।

योजना का लक्ष्य

1. यह प्रदर्शित करना कि भारत की युवा पीढ़ी में महत्त्वपूर्ण तथा

रचनात्मक विचारों एवं सोच का खजाना छिपा हुआ है।

2. विद्यार्थियों को उनके विचारों को विकसित करने तथा उन्हें साकार करने के लिए प्रोत्साहित करना।
3. विद्यार्थियों को मूकदर्शक न बने रहने देना, बल्कि उन्हें सक्रिय रूप से ऐसे कामों में भागीदारी करने के लिए प्रोत्साहित करना।
4. यह सिद्ध करना तथा यह विश्वास जगाना कि विद्यार्थियों द्वारा विश्व की वर्तमान अनेक समस्याएँ हल की जा सकती हैं।
5. शिक्षा के प्रति विद्यार्थियों में सम्मान जाग्रत् करना।
6. विद्यार्थियों को अपने देश पर गर्व करने के लिए प्रोत्साहित करना।

विचारों का क्षेत्र

नवाचारी विचार किसी भी क्षेत्र से संबंधित हो सकते हैं—विज्ञान तथा प्रौद्योगिकी, ऊर्जा, जल, यातायात, संचार, शिक्षा, कृषि, आयुर्विज्ञान, पर्यावरण तथा पारिस्थितिकी, सड़क एवं भवन, अर्थशास्त्र, राजनीति, सामाजिक एवं सांस्कृतिक, धार्मिक, विधि, खेल-कूद, मनोरंजन, प्रशासन, अपराध एवं कानून, अध्यात्म, जैव विविधता इत्यादि। नवाचारी विचार समाज के लिए उपयोगी होने चाहिए।

विद्यार्थियों के विचार

आपका यह विचार देखने-सुनने में साधारण लग सकता है। वह आपके स्कूल के किसी प्रोजेक्ट से संबंधित हो सकता है या फिर आपने उसे किसी प्रतियोगिता के लिए भेजा है। यदि आप उसे अच्छे ढंग तथा विस्तार से समझा सकते हैं या कोई प्रोटोटाइप बना सकते हैं तो इन सभी विचारों का हम स्वागत करते हैं। संस्था यह अपेक्षा नहीं रखती है कि आप अपने विचारों का कोई मॉडल बनाकर भेजें।

इसके अलावा, अपने नवाचारी विचार को एक शीर्षक दें और 200 शब्दों में विवरण प्रस्तुत करें तथा इस प्रकार स्पष्ट करें कि वह सबकी समझ

में आ जाए। यदि आपका नवाचारी विचार किसी वर्तमान वस्तु या प्रक्रिया पर आधारित है तो यह अवश्य स्पष्ट करें कि वह वर्तमान वस्तु या प्रक्रिया से किस तरह से अलग है और उसके क्या फायदे हैं।

वर्ग तथा विजेता

शहरी तथा ग्रामीण क्षेत्र के स्कूलों के लिए अलग-अलग तीन वर्ग होंगे—

कक्षा : (अ) के.जी.-5, (ब) 6-8, (स) 9-12

प्रत्येक वर्ग में प्रतिमाह निम्नलिखित चार पुरस्कार दिए जाएँगे।

प्रथम पुरस्कार	₹1,000
द्वितीय पुरस्कार	₹500
तृतीय पुरस्कार	₹300
सांत्वना पुरस्कार	₹200

उपर्युक्त तीनों वर्गों में प्रत्येक माह चार सबसे अच्छे विचारों का चयन कर उन्हें प्रथम, द्वितीय, तृतीय एवं सांत्वना पुरस्कार के रूप में नकद एवं प्रमाण-पत्र दिया जाएगा। दूसरे शब्दों में, प्रत्येक माह में 24 विजेता होंगे, जिसमें से 12 शहरी एवं 12 ग्रामीण क्षेत्र के स्कूलों से होंगे। इस प्रकार वर्ष में 288 पुरस्कार दिए जाएँगे।

प्रत्येक माह भेजी गई प्रविष्टियों पर विचार किया जाएगा तथा परिणामों की घोषणा वर्ष के अंत में की जाएगी। पुरस्कार की धनराशि तथा प्रमाण-पत्र संबंधित स्कूल के प्राचार्य के माध्यम से विद्यार्थियों तक डाक द्वारा भेजा जाएगा।

पुरस्कारों का चयन

पुरस्कार के लिए निर्णायक मंडल द्वारा प्रविष्टियों को चयनित करते समय नवाचारी विचार की रचनात्मकता, उपयोगिता तथा उसके बेजोड़ होने जैसे गुणों पर ध्यान दिया जाएगा। निर्णायक मंडल द्वारा विद्यार्थी की उम्र को

भी ध्यान में रखा जाएगा। निर्णायक मंडल द्वारा जो निर्णय लिया जाएगा, वह अंतिम होगा तथा सभी पक्षों को मान्य होगा। इस पर कोई प्रश्नचिह्न नहीं लगाया जा सकता और न ही इसे चुनौती दी जा सकती है।

अतिरिक्त लाभ

जो विचार उपयुक्त पाए जाएँगे, उन्हें 'नवाचारी विचारों के कोष' में दर्ज कर उसे प्रतिवर्ष प्रकाशित करने की व्यवस्था की जाएगी। इसमें नवाचारी विचार का शीर्षक तथा विद्यार्थी का फोटो मुद्रित किया जाएगा। संस्था विद्यार्थी को नवाचारी विचार के पेटेंट हेतु सलाह व सहायता भी देगी। यदि नवाचारी विचार व्यावसायिक उपयोग का होता है तो संस्था इस विचार को उपयोग में ले जानेवाली कंपनी से संबंधित विद्यार्थी को उचित रॉयल्टी दिलवाने में भी सहायता करेगी।

नवाचारी विचारों को कैसे भेजें

चूँकि यह प्रतियोगिता वर्ष के 365 दिनों के लिए बराबर खुली रहेगी, अत: विचारों को भेजने की कोई अंतिम तिथि नहीं होगी। विद्यार्थी जब चाहे, अपने नवाचारी विचार भेज सकते हैं। प्रत्येक वर्ष यह योजना 1 जुलाई से आरंभ होकर दूसरे वर्ष की 30 जून को समाप्त मानी जाएगी।

नवाचारी विचारों को भेजने के लिए संस्था ने एक प्रपत्र तैयार किया है। इस प्रपत्र को भलीभाँति भरकर अपने नवाचारी विचार का विवरण (रेखाचित्र, फोटो, वीडियो इत्यादि के साथ भी) निम्नलिखित पते पर डाक द्वारा भेजें।

भारतीय ज्ञान-विज्ञान निधि
3/6, मैरिस रोड, मैंडू कंपाउंड,
अलीगढ़-202001 उ.प्र.
फोन नं. 0571-2509056, फैक्स नं. 0571-2502156

सृजनशीलता

“बनी-बनाई लकीर पर चलनेवाले लोग जीवन में कुछ नया या खास शायद ही कर पाते हैं। सृजनशीलता हमें सिखाती है कि हम किसी कार्य को और अच्छे ढंग से तथा कम समय में कैसे कर सकते हैं। इससे हमें अपने संसाधनों का बेहतर इस्तेमाल करने में मदद मिलती है। अध्ययन, अवलोकन एवं लोगों के साथ विचार-विमर्श हमारी सृजनशीलता को निखारता है, हमारे नजरिए को व्यापक बनाता है और हमें सफलता के करीब लाता है। साथ ही सीखने का अवसर हमें स्कूल, कॉलेज और इसके बाहर भी मिलता है; लेकिन इस अवसर का लाभ सभी लोग समान रूप से नहीं उठा पाते।

कुछ लोग हमेशा नई चीजें सीखकर अपने ज्ञान एवं अनुभव के भंडार में वृद्धि करने को उद्यत रहते हैं। इस ज्ञान एवं अनुभव का उनकी सफलता में महत्त्वपूर्ण योगदान हो सकता है। अगर हम ज्यादा जानकार हैं और हमारे अनुभवों का दायरा विस्तृत है तो समाज में हमारी स्वीकार्यता ज्यादा होगी। यह सफलता दिलाने में सहायक होती है।

सृजनशीलता किसी की धरोहर नहीं है। कोशिश करें, आप भी सृजनशीलता विकसित कर सकते हैं।

—विज्ञान रत्न लक्ष्मण प्रसाद

□□□